문과와
이과사이

따옴표 수학 책쓰기 동아리 **지음**
우진아 **엮음**

꿈과희망

초판 1쇄 인쇄_ 2016년 5월 15일 | **초판 1쇄 발행_** 2016년 5월 20일
지은이_따옴표 수학 책쓰기 동아리 | **엮은이_**우진아 | **펴낸이_**진성옥 외 1인 | **펴낸곳_**꿈과희망
디자인·편집_김창숙, 윤영화 | **마케팅_**김진용
주소_서울시 용산구 백범로 90길 74, 103동 오피스텔 1005호(문배동 대우 이안)
전화_02)2681-2832 | **팩스_**02)943-0935 | **출판등록_**제1-3077호
E-mail_ jinsungok@empal.com
ISBN_978-89-94648-84-2 43810

I Dedicate this book for " _____ "

"골치 아픈 수학은 없다"

　　2013년 서울시는 심야버스를 도입하기로 하면서 고민에 빠졌다. 서울 전역을 총 9개 노선으로 망라하려니 최적의 노선이 필요했기 때문이다. 이때 심야시간대 통화데이터 30억 건과 택시 승하차시 정보 500만 건에 대한 빅 데이터를 분석해 유동인구가 많은 곳을 파악하여 노선을 짤 수 있었다. 2015년 올해 영화 아카데미상 과학기술상은 론 페드키우 미국 스탠퍼드 대학 교수에게 수여되었다. 수학박사인 그는 물체가 부서지는 모습을 실제처럼 구현하는 시뮬레이션 프로그램을 개발한 공로로 이 상을 수상하였다. 2015년 우리나라 국가수리과학연구소 주최로 서울 코엑스에서 열린 '산업수학 주간' 행사에 참석한 세계적인 수학자 '군나르 칼손'은 세계가 주목하는 벤처기업 '아야스디(Ayasdi)'의 최고 경영자이다. 그가 만든 이 회사는 금융·통신·교통·의료 등을 통해 얻은 빅 데이터를 분석하는 소프트웨어를 개발하는 회사로 미국 연방정부와 제너럴 일렉트릭(GE) 회사에서 1억 달러 이상 투자하였다고 한다. 최근 수학이 사회 문제를 해결하고 새로운 산업을 창출하는 사례들이 국내외에서 속속 소개되고 있다. 세상의 문제를 수학적 방식으로 해결하고 상품 개발에 수학을 활용하는 등 수학의 중요성이 2000년대 들어 더욱더 강조되고 있다. 그러나 현재 우리의 현실은 수학의 중요성을 알지 못하는 것 같다. 언제부턴가 우리나라 학교 현장에서는 수학 시간에 거의 대부분의 학생들은 엎드려 자는 실정이고, 수학에 흥미를 상실하여 완전히 포기한 사람을 가리켜 '수포자'라는 말도 생겨나기 시작하였다. 그렇지만 2015년 3월 학남고등학교 수학 3실에서 지도교사 우진아 선생님과 수학의 중요성을 알고 흥미를 가진 12명의 학생들이 따옴표 수학책쓰기 동아리를 구성하였다. 이 학생들은 지금까지 그들 나름대로 열심히 활동한 내용을 책으로 출판하였다. 이 책은 수학과 관련된 소설, 시, 퀴즈, 만화, 신문, 에세이 등을 통해 수학에 흥미를 잃은 학생들에게 도움을 주고 누구나 쉽게 수학을 접할 수 있도록 하였다. 이 책이 출판되기까지 활동한 지도교사와 12명의 학생들에게 찬사를 보내고 싶다. 정말 어려운 일을 해냈다고, 그리고 이러한 수학에 대한 열정을 계속 간직하도록 격려하고 싶다.

　　끝으로 이 책을 읽는 모든 사람에게 '골치 아픈 수학은 없고 돈 되는 수학은 있다.'고 소리쳐 말하고 싶다.

교장 선생님 이규선

시작하며…

수학교사가 된 지 10년째인 2015년은 저에게 잊지 못 할 한해가 될 것 같습니다. 왜냐하면 제가 나아가고자 하는 수학 교실의 방향이 담긴 "따옴표"라는 브랜드를 만들었고, 이를 실천한 1년이었기 때문입니다. '진짜' 수학은 스스로 고민하고 그 고민을 나누면서 시작된다는 그동안의 믿음으로 "따옴표" 수학 활동을 준비하게 되었습니다. "따옴표" 수학 활동은 "―"안에 자신의 이야기를 담듯 수학 교실 안에 아이들의 이야기를 담고자 하는 활동입니다. 첫 번째 "따옴표" 수학 활동은 협력학습을 통한 교실 개선이며, 두 번째가 바로 수학책쓰기 동아리 활동입니다.

저희 동아리 아이들은 실생활과 수학, 진로와 수학, 소설과 수학 등의 주제로 다양한 글쓰기를 경험하면서 자신이 쓰고 싶은 이야기를 찾고, 각자의 이야기를 하나로 엮어 1권의 책으로 만들어 가는 과정을 함께 겪었습니다. 40시간의 선택형 방과후 활동 중 대부분의 시간을 퇴고 작업을 하는 데에 보낼 만큼 공들여 이 책을 완성했지만, 처음 해보는 작업이라 서툴고 미흡한 부분이 많을 것이라 생각됩니다. 아이들이 실수를 통해 더 많이 성장하고 느낄 것이라 믿기에 저의 간섭은 최소화하였습니다. 그래서 서툴지만 정성스럽게 준비한 이 책의 주인공은 12명의 동아리 아이들입니다. '아이들은 자신의 이야기를 담아낼 수 있는 충분한 잠재력과 가능성을 갖고 있다.' 는 사실을 증명해 준 이 책을 여러분께 공개할 수 있게 되어 무척 설레고 기쁩니다. 용기와 끈기로 만들어진 『문과와 이과 사이』속 아이들의 이야기에 열린 마음으로 귀 기울여 주시길 부탁드립니다!

제가 "따옴표" 활동을 하면서 부딪쳤던 수많은 문제들을 자신의 일처럼 함께 고민하고 조언해 주신 수업모임선생님들과 글쓰기를 두려워하는 이과 아내에게 응원을 아끼지 않은 문과 남편, 이 책의 출판을 누구보다 자랑스러워하신 나의 어머니 한옥희님께 감사와 사랑을 전합니다.

지도교사 우진아

About the Authors

number 1

강선화

- 좋아하는 것 : 얘기하면서 놀기
- 싫어하는 것 : 시키는 것 억지로 하는 것
- 만화를 쓰게 된 동기 :
만화로 그리면 쉽게 이해할 것 같아서 하게 되었습니다.
- 따옴표에 들어오게 된 계기 :
친구들이 하기에 호기심 반, 하고 싶은 마음 반으로 들어오게 되었습니다.
- 이 책을 읽는 독자에게 하고 싶은 말 :
잘 간직해서 책을 읽고 조금이라도 도움이 되길 바랍니다.

number 2

김나리

- 좋아하는 것 : 초콜릿
- 싫어하는 것 : 매운 것
- 시&수학자의 명언을 쓰게 된 동기 :
내가 쓴 글들을 보며 다른 학생들도 수학에 흥미를 가지게 되면 좋겠다는 마음으로 글쓰기에 임했습니다.
- 따옴표에 들어오게 된 계기 :
다양한 활동을 통해 수학에 흥미를 가지기 위해서입니다.
- 이 책을 읽는 독자에게 하고 싶은 말 :
부족한 실력으로 쓴 글이지만 제 글을 읽고 알게 된 내용이나 느낀 점이 있었으면 좋겠습니다. 나와 독자 모두 자신의 바람처럼 되었으면 합니다.

number 3

김다인

- 좋아하는 것 : 닭발, 초밥, 완돌이, 완자꼬치, 막창과 곱창, 튀만두
- 싫어하는 것 : 샤워하고 나왔는데 땀나는 것
- 에세이를 쓰게 된 동기 :
평소 내 얘기들이나 있었던 일을 일기로 쓰는 것을 좋아하여 쓰게 되었습니다.
- 따옴표에 들어오게 된 계기 :
초등학교 때 글쓰기 동아리를 한 적이 있는데 이런 동아리를 한 번 더하고 싶어서 들어 오게 되었습니다.
- 이 책을 읽는 독자에게 하고 싶은 말 :
공감대를 형성할 수 있고, 재밌게 읽어줬으면 합니다.

number 4
김예원

- **좋아하는 것** : 동물, 딸기
- **싫어하는 것** : 가지, 귀신
- **수학 소설을 만들게 된 계기** :
소설은 처음이지만, 친구들이 칭찬해 줘서 그후로 소설을 쓰기로 마음 먹었습니다.
- **따옴표에 들어오게 된 계기** :
친구들과 함께 글쓰기에 도전해 보고 싶어 들어오게 되었습니다.
- **이 책을 읽는 독자에게 하고 싶은 말** :
부족한 글 솜씨지만 기분 좋게 읽고 의미 있는 책 한 권이 되었으면 합니다.

number 5
노예원

- **좋아하는 것** : 영화보기
- **싫어하는 것** : 문제풀기
- **수학 문제를 만들게 된 계기** :
초등학생들이 수학을 재미있게 배울 수 있도록 쉬운 문제를 만들어 보았습니다.
- **따옴표에 들어오게 된 계기** :
수학에 대해 잘 알고 싶어서 들어오게 되었습니다.
- **이 책을 읽는 독자에게 하고 싶은 말** :
재밌게 보세요.

number 6
문진영

- **좋아하는 것** : 여행
- **싫어하는 것** : 운동
- **동화를 쓰게 된 동기** :
가볍게 쓸 수 있는 동화를 선택하게 되었습니다. 누구나 쉽게 접하고, 읽을 수 있을 것 같다고 생각했습니다.
- **따옴표에 들어오게 된 계기** :
수학에 관심이 있고, 좋아하고, 진로를 수학 관련으로 택하고 싶어서 들어오게 되었습니다.
- **이 책을 읽는 독자에게 하고 싶은 말** :
처음 쓰는 동화라서 짜임새도 부족하고, 흥미가 없을 수 있지만 가벼운 마음으로 읽었으면 하고, 이걸 읽으면서 수학에 관심을 가져 줬으면 좋겠습니다.

number 7
박소림

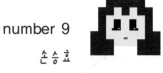

- **좋아하는 것** : 맛집탐방, 음악 듣기, 깔끔하게 공책 정리하기
- **싫어하는 것** : 매사에 짜증인 사람
- **소설을 쓰게 된 동기** :
글을 쓴다는 것이 나에게 경험이 되고 이걸 발판으로 글쓰기를 취미로 삼고 싶어 소설을 쓰게 되었습니다.
- **따옴표에 들어오게 된 계기** :
수학 선생님이 좋아서 멘토링을 신청하였으나, 그것이 무산되고 책쓰기 동아리가 개설되어 들어오게 되었습니다.
- **이 책을 읽는 독자에게 하고 싶은 말** :
미숙한 부분이 많이 있을지라도 재미있게 읽어 주세요.

number 8
박지은

- **좋아하는 것** : 좋아하는 음악 듣기, 게임, 그림 그리기
- **싫어하는 것** : 비 오는 날
- **소설을 쓰게 된 계기** :
가장 자신있는 분야가 소설이었습니다.
- **따옴표에 들어오게 된 계기** :
지루한 수학에 내가 좋아하는 글쓰기를 접목시킴으로써 흥미를 붙이고 스펙도 쌓기 위해서 들어오게 되었습니다.
- **이 책을 읽는 독자에게 하고 싶은 말** :
읽어주셔서 감사합니다.

number 9
손승효

- **좋아하는 것** : 잠자기, 예능 프로그램 보기, 빙수 먹기
- **싫어하는 것** : 숙제하기
- **소설 & 스펀지를 쓰게 된 계기** :
집에 있는 책들에서 아이디어가 떠올라 글을 쓰게 되었습니다.
- **따옴표에 들어오게 된 계기** :
우진아 선생님과 같이 할 수 있는 활동을 해보고 싶었습니다.
- **이 책을 읽는 독자에게 하고 싶은 말** :
이 책을 읽고 아주 조금이라도 수학과의 거리가 줄어들었으면 좋겠습니다.

number 10
이지민

- 좋아하는 것 : 여행, 영화
- 싫어하는 것 : 주사
- 신문과 직업소개를 만들게 된 계기 :
수학을 어렵게만 생각하지 말고, 즐거움과 호기심을 가질 수 있었으면 좋겠습니다.
- 따옴표에 들어오게 된 계기 :
수학에 관심이 많아 조금 더 연구해 보고 싶었고, 수학책 쓰기라는 새로운 것에 도전하고 싶었습니다.
- 이 책을 읽는 독자에게 하고 싶은 말 :
안녕!

number 11
임희원

- 좋아하는 것 : 여행가기, 맛있는 음식 먹기, 쇼핑하기
- 싫어하는 것 : 병원
- 소설 & 직업소개를 쓰게 된 계기 :
예전부터 내 손으로 직접 글을 쓰고 싶다는 생각을 가지고 있었습니다. 고등학교에서 기회가 되어 수학 관련 글을 쓰게 되었습니다.
- 따옴표에 들어오게 된 계기 :
우진아 선생님께서 수학책 쓰기 동아리를 모집한다는 이야기를 듣고 수학과 책쓰기의 조합이 재미있을 것 같아 들어오게 되었습니다.
- 이 책을 읽는 독자에게 하고 싶은 말 :
기억에 남는 책이 되었으면 합니다.

number 12
정유진

- 좋아하는 것 : 떡볶이
- 싫어하는 것 : 여름
- 소설을 쓰게 된 동기 :
모의고사를 주제로 글쓰기를 할 때 소설을 썼습니다. 그때 친구들이 전에 그린 만화보다는 소설이 더 재미있다고 하여 소설을 쓰게 되었습니다.
- 따옴표에 들어오게 된 계기 :
수학을 좋아해서 우진아 선생님과 멘토멘티를 하려 했는데 신청자가 많아 그 아이들 모두 동아리 형식으로 하자고 해서 들어오게 되었습니다.
- 이 책을 읽는 독자에게 하고 싶은 말 :
수학에 관한 여러가지를 접하고 조금 더 관심을 가지면 좋겠습니다.

차례

LEVEL 1 초보자용

따옴표 신문

발행인 : 이지민

이 책은 총 3개의 레벨로 나뉘어져 있고,
각 레벨들이 시작할 때 지민이의 따옴표 신문과 나리의 시로 시작하고 끝날 때 수학자들의 명언을 넣었다.

Level 1은 초등학생 수준으로 수학에 호기심을 가지고 재미를 가질 수 있도록
시간 여행 소설, 다양한 퀴즈, 자신의 솔직한 수필, 숫자의 탄생으로 흥미롭게 글을 썼다.

Level 2는 중학생 수준으로 난이도를 높여
어려운 주제도 쉽게 이해할 수 있도록 만화를 그렸다.
또한, 다양한 주제와 형식을 가진 소설과 수필을 넣었다.

Level 3은 고등학생 수준으로 모의고사를 바탕으로 하는 추리 소설과 시, 에세이가 있다.
여러 명의 수학자들, 소설, 신기한 스펀지 퀴즈, 직업소개가 되어 있어
재미있게 즐길 수 있는 책이다.
지금부터 12명의 수학인들이 쓴 책을 시작한다.

학남고등학교 1학년 "따옴표"
수학책쓰기동아리 책을 출판하다!

2015년 3월부터 학남고등학교 수학교과 3실에서 12명의 학생들과 지도교사 우진아 선생님이 함께 시작한 따옴표 수학책쓰기 동아리가 수학 책을 출판했다. 이 책은 수학 관련 소설, 시, 퀴즈, 만화, 신문, 에세이로 다양하게 이루어진 책이다. 수학을 시작하면서 흥미를 가지고 싶은 성별, 나이에 관계없이 모두에게 도움이 되는 책이다. 선택형 방과 후 수업을 통해 꾸준히 글쓰기를 경험했고 김묘연 선생님의 강의로 다양하게 책 쓰는 법을 연구했다. 직접 쓴 것이 책으로 출판된 것이 신기하고, 뿌듯함을 느끼며 새로운 경험이었다고 전했다.

– 이지민 기자

꿈을 찾는 책 쓰기 멋진 '나'를 만나다

학남고등학교 1학년 따옴표 동아리 학생들은 2015년 7월 13일에 7,8교시 수학 3실에서

대구 자연과학고 김묘연 선생님의 책 쓰기 강의를 듣게 되었다.

김묘연 선생님은 8년째 책을 써서 출판하고 계신 분이시고 책 쓰기의 틀을 거의 다 알고 계셨다.

김묘연 선생님께서는 책 쓰기의 장점을 누구보다 잘 알고 계시고

책을 편집하거나 출판할 때 신경 써야 할 크기, 책 모양, 편집 방법, 책이 잘 나오는 법, 요령 등에 대해 자세히 설명해 주셨다.

2015년 11월 13,14,15일에 걸쳐 대구 엑스코에서 열리는 수학책축전에 참가하는 팀 중 수학 관련해서 쓰는 팀은

우리 팀이 유일하기 때문에 많은 사람들이 관심을 가질 것이라고 자신감을 심어주셨고,

새롭고 좋은 경험이 될 수 있을 것 같다고 말씀하셨다. 또한 책을 쓰는 방법에 대해 설명해 주실 때는

가장 먼저 구체적인 예상 독자를 선정하고, 문체, 두께, 내용, 매체, 컨셉 등에 따라 책들이 다양하다는 것을 생각해야 한다고 강조하셨다.

그리고 표지와 제목을 선정하고 목차를 구성하여 그림파일을 만들어야 한다.

무엇보다도 책에 나의 이야기가 담겨 있어야 하고 인식의 틀을 깨는 것이 중요하다고 하셨다.

이 강의를 토대로 우리는 책을 가로로 하며 책의 형태에 대한 결정을 내렸다.

글 쓰는 것을 너무 어렵지 않게 생각해야 한다는 것도 알게 되었고 좀 더 자연스럽게 적을 수 있었다.

강의를 들으며 책을 쉽고 잘 쓰는 방법을 알게 되었고 복잡했던 생각을 정리하는 시간이 되었다.

오H

김나리

나만 붙잡고 있는 것 같지

저는 수학 문제를 풀다보면 중간에 계산 실수를 하게 되는데 제가 풀어서 나온 정답과 선택지에 있는 답이 다른 경우가 있었습니다. '다른 아이들은 이 문제를 술술 풀어 넘겼을 텐데 왜 나는 답이 안 나오지?' 하는 복잡한 기분을 시로 표현해 보았습니다.

희원이가 소개하는 시간여행

- 1713, 2015, 3210

오늘은 2015년 8월 29일 수요일, 내가 사는 도시는 여름에 그 어느 곳보다 더 핫한 플레이스이다.

"야! 오늘 맞지?"

"그래, 자식아. 오늘이 그 날이다."

우리가 이렇게 들떠 있는 이유는 나와 10년 친구인 정우가 엄마 친구의 지인분이 13년 전 귀신이 보여 차렸다는 무당집에 가기로 했기 때문이다. 이 무당집으로 말하자면 정우가 고등학교 시절 때 소위 밑 등수 깔아주는 애로 비루한 학교생활을 보낼 때 정우 엄마는 아들 걱정에 친구의 소개를 받아 가신 곳이라고 한다.

무당이 말하길 정우는 공부를 하면 더 인생이 안 풀리는 팔자니 책상에 앉아 책을 펴지 말고, 지금 상태를 유지하라고 했다. 다가오는 수능 날 정오각형 모양 지우개에 번호를 적고 던져서 나오는 것이 답이며 서술형은 6번 던져서 나온 수의 합을 2로 나누면 그게 답이니 그렇게 수능을 치라고 했다고 한다. 무당 아저씨의 확신에 찬 말과 믿음직한 모습에 정우 엄마는 방에 책이라곤 코빼기도 안 보이는 정우에게 하던 대로 하라며 정우를 격려해 주었다고 한다.

그렇게 1년이 지나고 아직도 내 기억에서 잊을 수 없는 11월 12일 아주 추웠던 수능 날 당일, 나는 12년 공부인생을 그 누구에게도 뒤처지지 않게 공부했기에 자신이 있었다. 수능 고사장으로 함께 걸어가는 길, 정우를 보니 고등학교 3년을 먹고 자고 게임을 반복하며 지낸 정우도 꼴에 수능이라고 1년이 지난 무당의 조언을 잊지 않고 숫자를 새겨 넣은 정오각형 지우개를 손에 쥔 채 긴장하며 시험장에 같이 걸어갔다. 어떻게 수능을 쳤는지 기억도 안 나고, 기억도 하기 싫은 수능을 마치고 우린 미친 사람처럼 놀다보니 성적표가 손에 쥐어 있었다. 성적표를 받고도 미친 사람처럼 놀다보니 성인이 되었고, 새로운 마음으로 다시 4년을 다녀야 할 나의 새로운 학교에서 생각지도 못한 내 친구 정우와 같은 대학에 다니게 되었다. 그래, 내가 이 무당집을 가는 이유는 이 정도 설명하면 이해할 수 있을 거라 믿는다.

사실 내가 무당집에 가려 하는 이유는 대학교 오리엔테이션 때 보아 첫눈에 반한 내 이상형의 결정체라고 할 수 있는 다인이와 요즘 썸을 타고 있어서이다. 하지만 그녀와 잘 해보고 싶어도 날마다 바뀌는 그녀의 마음을 도저히 알 방법이 없어 정우와 함께 날 잡고 이 무당집에 찾아가기로 했다.

"정우야 너도 이 무당 아저씨 얼굴 아냐?"

"뭐래! 당연히 모르지. 엄마가 그러던데 그 아저씨가 요즘에 사람 찾는다고 바쁘다던데……. 그래서 얼굴 보기 힘들다나 뭐라나. 오늘 못 보면 내일 또 와야지! 나도 내 인생을 바꿔주신 은인님의 얼굴은 알고 살아야지."

이런저런 이야기를 나누며 버스를 몇 정거장 갈아타 산길을 오르다보니 정우 아주머니가 말씀하신 대로 팔공산 깊은 곳 다 허물어질 것 같은 빨간 지붕의 초가집이 보였다. 3개월 안에 부서질 것 같은 대문 아닌 대문을 열어 집 안으로 들어가 보니 TV 속 드라마에서 본 듯한 무당집 내부가 그대로 있었다. 벽에는 부적이 붙어 있을 뿐더러 각종 부처님과 향초들이 있어 내가 진짜 무당집에 온 것을 실감할 수 있었다. 내가 무당집 내부를 신기하게 구경하는 사이에 정우는 걸어오며 여러 개 먹은 아이스크림 때문인지 화장실에 간다며 난리를 치며 밖으로 나갔다. 그리고 몇 분 후 정우는 배가 너무 아파서 집에 간다는 문자 한 통을 보내고 사라졌다. 이 문자를 보고 어이가 없어 정우 욕을 하고 있는 그때,

"언놈이여! 누가 함부로 주인 없는 집에 허락도 없이 들어오는 것이여! 낌새를 보니 사내놈 둘이 들어 왔는데 다른 한 명은 어디로 도망갔나! 썩을 놈들, 내가 제일 싫어하는 짓이다."

나는 한 남자의 우렁차고 기 센 목소리에 깜짝 놀라 집 밖으로 나갔다. 긴 수염에 흰 머리 흰 도복을 입은 누가 봐도 이 집과 잘 어울리는 50대 후반의 한 남성이 10여 미터 멀리에 떨어져 있었다. 나는 급히 달려가,

"아……. 저 그게 말씀 하신 대로 허락을 맡고 집으로 들어가야 하는 건데 죄송하게 됐습니다."

무당 아저씨는 귀신이나 본 듯한 표정으로 소스라치게 놀라셨다.

"홍 선생님……. 아니……. 잠시……. 죄송합니다……."

난 순간 이 무당 아저씨가 더위를 먹은 줄 알았다.

"선생님이라뇨? 저기 아저씨 무슨 말씀이세요?"

"아닙니다. 선생님, 제가 선생님께 큰소리를 지른 것은 정말 죄송합니다."

그렇게 10여 분간 죄송하다는 무당 아저씨를 겨우 달래어 다시 집으로 들어가 무당 아저씨가 주신 복분자차를 마시며 이야기를 나누었다.

여기서부터 나는 꿈같은 현실을 경험하게 된다.

"네??? 그러니깐 제가 "구일집"을 쓴 홍정하라고요?"

"네, 맞습니다. 과거에 중국 사신 하국주와 치열했던 수학 한중전의 마지막 문제를 홍정하 선생님께서 풀지 못하였습니다. 그래서 미래세대에게 조선 수학 하면 '위인 홍정하 그리고 하국주와의 수학 한중전' 이라고 여겨질 수 있는 기회를 놓쳐 버렸습니다."

"아니, 잠깐만요. 아저씨가 설명하신 대로 저에게 홍정하의 555번째 영혼이 이어져 왔다고 칩시다. 지금은 2015년인데, 1700년 대 이야기를 계속 꺼내신다고 해도 역사적 사실이 바뀌는 것도 아니잖아요."

"아닙니다. 근데 왜 제가 이렇게 미래와 과거에 일어난 일을 잘 아는지 아십니까? 사실 전 3210년에서 온 임로꼬 박사입니다. 이제 편하게 로꼬라고 불러주십시오. 제가 선생님보다는 한참 어리니까요. 저는 2020년에 태어났습니다. ^^"

"그럼 무당 아저씨의 영혼은 어디 있죠?"

"아, 이거 참……. 홍 선생님을 뵙기 위해 제가 아저씨께 양해를 구하고 몸에 들어갔죠. 홍 선생님 찾는다고 얼마나 고생했는지……. 이렇게 젊은 분일 줄은 몰랐습니다. 이 이야기는 나중에 자세히 하도록 하고 급한 것부터 이야기하죠. 미래에서 맡은 제 임무는 홍정하 선생님 영혼 제 555번을 담고 있는 사람을 찾아 과거로 가는 것입니다. 그래서 이곳 2015년에 왔습니다. 뭐, 과거 2000년대 사람들은 타임머신이라고 하던데 미래에는 타임머신이라는 기계보다는 우주를 통하여 이동을 합니다. 자! 이제 홍정하 선생님의 영혼 제 555번을 찾았으니 과거로 가 보도록 하죠."

무당집에서의 대화는 나의 호기심을 강하게 자극시켰다.

그렇게 난 미래에서 온 로꼬 씨와 길을 나섰다. 미래에서는 이름을 귀엽게 짓는 것이 유행인 것 같았다. 밤이 되자, 쌀쌀해진 공기 속에서 로꼬 씨와 나는 앞이 겨우 보이는 산속을 걷고 있었다. 그렇게 몇 분을 올라간 뒤, 로꼬 씨와 난 캡슐같이 생긴 물체 속에 누웠다. 로꼬 씨가 하늘을 보고 이상한 주문을 외우며 물체를 조종하자 나도 모르게 눈이 감겨버렸고, 기분이 몽롱해지기 시작했다. 그 이후의 기억은 나지 않는

다…….

로꼬 씨가 나를 흔들어 깨워 주었다. 눈을 떠보니 이곳의 산속은 해가 진 저녁이었다. 로꼬 씨와 나는 산에서 내려왔다. 마을에 도착하니 책에서만 보던 차림의 사람들이 거리에서 이야기하는 모습을 봤다. 내 차림새 또한 조선 사람들과 비슷해져 있었다. 거릴 걸은 지 얼마 되지 않아 한 남자가 나에게 다가와 홍정하라고 부르며 안부를 물었다. 나는 겁이 나서 도망치듯 그 자리를 피했다.

로꼬 씨와 나는 2000년대로 치면 여관 같은 곳에 자릴 잡았고 우리는 한방에서 자기로 했다.

로꼬 씨의 설명에 의하면 3210년에는 과거의 역사적 사건으로 인해 전쟁까지 났다고 한다.

그래서 난 대한민국의 역사를 바꾸기 위해 이곳에 왔다.

"홍 선생님, 내일은 1713년 음력 윤 5월 29일로 청나라 사신인 하국주와 수학 승부를 벌이는 날입니다. 그래서 다름이 아니라 저희의 내일 계획에 대해 말씀드리려고 합니다."

"네? 내일 당장이요?"

"네. 과거에서 3일 이상 지내는 것도 미래에서는 규칙 위반이라서 빠르게 일을 처리하고 돌아가려 합니다. 그럼 내일 계획을 말씀드리도록 하겠습니다. 역사 기록에 따르면 홍 선생님과 하국주가 서바이벌 형식으로 문제를 풀다가 선생님이 하국주가 낸 마지막 문제를 풀지 못하였습니다. 미래에서 제가 분석해 본 결과 선생님은 다음에 낼 문제 걱정으로 그 문제를 풀지 못한 것으로 밝혀졌습니다. 주무시기 전에 미래에서 제작한 마지막 문제를 외워 하국주에게 문제를 내시면 될 것 같습니다."

말이 끝나자마자 로꼬 씨는 내게 문제가 가득히 적힌 판을 주었다. 그 문제는 꽤 난이도가 있었다. 그래도 나라를 위한다는 생각으로 문제를 외우다 잠이 들었다.

어제 일이 너무 피곤해서인지 몰라도 눈을 떠보니 저녁이었다. 옆에 로꼬 씨 또한 잠에서 깨지 못했다. 2015년의 현대인도 피곤에 찌들려 사는데 미래는 더 심각한 사정인 것 같다.

나는 로꼬 씨를 깨웠다.

"로꼬 씨, 일어나세요."

"으으음, 잠시만요……. 5분 만요……. 지금 몇 시죠?"

"밖에 보니깐 저녁인 것 같은데."

"허걱, 빨리 짐 챙기고 나가시죠! 이러다가 늦겠어요!! 와, 큰일이다!!!"

나는 짐을 챙기고 밖으로 나갔다. 그리고 연회장 같아 보이는 곳에 도착했다. 이곳에 중국 사신이 온다는 이야기를 듣고 다들 진수성찬과 연회를 준비하기에 바빴다.

나는 이곳에서 책에서만 보던 성종임금을 비롯하여 많은 위인들을 보았다. 연회장 중앙에서 하국주로 보이는 사람이 만찬을 즐기고 있었다.

내 옆에 앉은 로꼬 씨는 떨리는 목소리로

"곧 하국주가 조선에 수학을 제일 잘 하는 사람을 찾을 것입니다. 그때 우리 홍 선생님께서 나가시면 됩니다. 아, 하국주 또한 천문학 분야에서 중국의 인재라고 합니다. 걱정하지 마시고, 홍 선생님은 하시던 대로 차분히 하시면 됩니다."

로꼬 씨의 말이 끝나자마자 하국주는 수학 잘하는 사람을 찾았다.

난 당당히 하국주에게 갔다.

"저와 대결을 해보는 건 어떻소?"

"오, 이게 누구신가! 홍정하 씨 아니신가요? 당신도 수학에 능통하다는 소문은 들었소. 그럼 한번 대결해 보죠."

"좋습니다."

하국주가 나에게 종이 한 장을 주었다.

"세금이 밀린 사람으로부터 쌀을 걷으려 할 때 우리나라에서 받아야 하는 쌀의 양은 총 몇 g인가? 단 한 사람에게서 걷는 쌀의 양은 백의 자리 숫자는 반올림하여라. (단위:g)"

세금 미납자 \ 쌀의 중량별 포대수	300g	500g	800g	1000g
영자	2	7	1	1
숙자	7	2	3	1
경자	3	4	2	0
명자	4	1	0	0

'이 문제는 그냥 곱셈만 하면 되잖아.

영자: $300g \times 2 + 500g \times 7 + 800g \times 1 + 1000g \times 1 = 5900g \rightarrow 6000g$

숙자: $300g \times 7 + 500g \times 1 + 800g \times 2 + 1000g \times 1 = 5200g \rightarrow 5000g$

경자: $300g \times 3 + 500g \times 4 + 800g \times 2 + 1000g \times 0 = 4500g \rightarrow 5000g$

명자: $300g \times 4 + 500g \times 1 + 800g \times 0 + 1000g \times 0 = 1700g \rightarrow 2000g$

총합은 18000g

"하하 하국주 선생. 문제를 교묘하게 내시는군요. 답은 18000g이지요"

나는 이에 반격해 문제를 내었다.

"제가 그럼 문제를 내보도록 하죠."

"$(x-580) \div 2 \div 2 = 180$입니다. 여기서 x의 값은 얼마입니까?"

"$180 \times 2 \times 2 = x-580$이므로 $x = 1300$이다."

하국주는 가볍게 웃으며 답을 말했다. 연회장에 있는 사람들은 모두 신기해 하며 하국주를 바라보았다. 이제 하국주가 문제를 낼 차례였다. 하국주는 결심했다는 듯이 말했다.

"자, 여기에 일정한 규칙을 만족하도록 6개의 수를 배열했어. 3 4 6 9 13 □. 이때 □안에 들어갈 수는?"

'규칙이 있다고? 규칙을 한번 찾아봐야 되겠어! 3+1=4인데. 어, 4+2=6이네? 6+3=9 아! 뒤의 숫자에서 앞의 숫자를 뺀 차가 1씩 늘어나는 건가봐. □는 18이구나.'

"답은 18이오."

나는 자신 있게 하국주에게 답을 말하였고, 하국주는 많이 놀란 듯 했다.

"제가 마지막으로 이 문제를 푸시면 진정으로 선생님이 저보다 수학이 뛰어나신 걸 인정하도록 하죠."

나는 로꼬 씨에게서 받은 문제를 말했다.

"조선의 쌀과 보리의 생산량은 7:3입니다. 쌀 생산량이 280일 때 전체 생산량은 얼마입니까?"

하국주는 30분간 문제를 고민하다가 결국에 이렇게 말했다.

"이것은 몹시 어려운 문제요. 당장 풀 수 없으니 내일 반드시 답해 주겠소."

하국주는 빠른 걸음으로 연회장을 나갔다. 주위 사람들은 수군거리며 나에게 격려와 존경의 말을 해주었다. 나도 막상 이기고 나니 신이 났고 입 꼬리도 올라갔다. 나보다 더 좋아하고 있을 로꼬 씨를 보니 그의 입 꼬리는 나보다 더 높이 올라가 있었다. 나는 로꼬 씨를 향해 윙크를 하려고 눈을 찡그리는 순간 누가 내 머리를 세게 쳤다.

나는 눈을 감았다가 떠보니 앞이 껌껌했다.

"음, 뭐지……. 지금 나 혼자 우주로 온 건가……? 로꼬 씨랑 같이 와야 하는데…… 나 여기 길 모르는데, 어떡하지. 하……."

갑자기 내 몸이 흔들리고 있었다.

"야, 김윤석. 뭐라고 했냐?"

"헉, 뭐야. 이 목소리 정우 목소린데……. 나 이제 진정 세상을 뜨는 건가……."

"얘 진짜 미쳤나 봐. 이제 무서워지려고 해, 눈 좀 떠봐!"

"야!!!! 김윤석!!!!"

"헉!!"

나는 잠에서 깼고, 내 몸은 땀범벅이었다.

"이제 눈 떴네. 나 아까 전에 책 가지러 학교 왔는데 강의실에 너 혼자 자고 있더라. 그래서 내가 깨우려고 옆에 왔는데 잠꼬대로 이번 문제는 쉬웠네, 로꼬 씨 제가 해냈네요! 별 얘기 다 하던데. 됐고, 오늘 우리 점집 가기로 한 날이야! 빨리 가자."

나에게 홍정하의 영혼이 담겨 있어 과거로 가서 홍정하가 되어 하국주와 수학 배틀을 했다는 것이 현실보다 더 생생한 꿈이었다니. 난 살면서 이렇게 생생한 꿈은 처음이었다.

　자리에서 일어나 책상을 보니 홍정하의 『구일집』이 땀과 침으로 젖어 있었고, 귀에 꽂힌 이어폰에서는 가수 로꼬의 노래가 흘러 나오고 있었다. 오늘이 정우랑 꿈이 아닌 현실에서 그 점집을 찾아가는 날이었다. 내 꿈이 그저 단순한 꿈인지 아니면 예지몽인지는 몇 시간 후면 판명 날 것 같다.

이쯤 되면 나오는 쉬는 타임~
노예원이 준비한 수학문제

1. 가로, 세로 첫 번째 숫자 5와 1끼리 곱하고, 6과 1끼리 곱하는 방법으로 ㄱ, ㄴ, ㄷ, ㄹ에 나올 답을 구해 보세요.

×	1	2	3	4
5	ㄱ	10	10	ㄴ
6	6	12	18	24
7	7	ㄷ	21	28
8	8	16	24	ㄹ

2. 각 문제를 풀고 사다리 타기를 통해 A, B, C, D에 나올 답을 맞춰 보세요.

$$143 \div 13 \qquad 16 \times 15 \qquad 189 \div 7 \qquad 8 \times 19$$

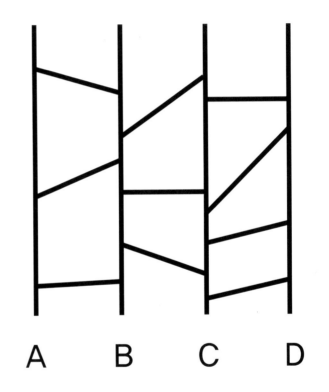

A B C D

1번 답

답 : ㄱ = 5 ㄴ = 20 ㄷ = 14 ㄹ = 32

5와1 5와2 6과1 6과2 이런 식으로 곱하면 된다.

2번 답

A : 240, B : 27, C : 11, D : 152

3. 1분 동안 물을 받은 후 합친다면 총 몇 가 될 것인가?

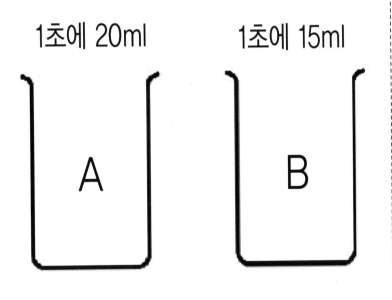

1초에 20ml

1초에 15ml

A

B

4. 규칙성을 찾아서 ?을 맞춰 보세요.

$$3258 + 4960 = 8518$$

$$5986 + 6679 = \ ?$$

3번 답

답 : 2.1ℓ

1분 = 20초
A : 20㎖ × 60 = 1200㎖
B : 1.5㎖ × 60 = 900㎖
1200㎖ + 900㎖ = 2100㎖ = 2.1ℓ

4번 답

5986 + 6679 = 12665의
답을 거울로 보면

15992
12665

답 : 15992

5번. 세로줄, 가로줄이 1~9까지 있어야 되고, 3×3 정사각형 안에도 1~9까지 있어야 스토쿠가 완성된다. 빈칸을 완성해 보세요.

6	7				4		3	
				6		5	8	4
	8							
3	9			7			1	
	1	2	9				4	5
					2	3		
1					7			
	2	8	6			9		
				4				3

6번. 규칙성을 찾아서 ?를 맞춰 보세요.

$$1 \times 5 = 11$$

$$2 \times 8 = 34$$

$$4 \times 2 = 18$$

$$7 \times 3 = ?$$

$$5 \times 2$$

6	7	9	8	5	4	2	3	1
2	3	1	7	6	9	5	8	4
5	8	4	3	2	1	6	7	9
3	9	6	4	7	5	8	1	2
8	1	2	9	3	6	7	4	5
7	4	5	1	8	2	3	9	6
1	6	3	5	9	7	4	2	8
4	2	8	6	1	3	9	5	7
9	5	7	2	4	8	1	6	3

$$1 \times 5 = 11$$

$$2 \times 8 = 34$$

$$4 \times 2 = 18$$

$$7 \times 3 = ?$$

$$5 \times 2$$

답 : 22

7. 아래 그림에 포함된 사각형의 개수는?

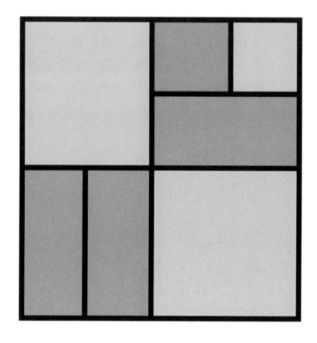

8. 20번 째까지 1번 째랑 같은 도형이 나오는
   개수는?

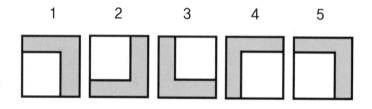

7번 답

답 : 17개

정사각형, 직사각형, 사각형을 다 세어보면서 겹치는 것까지 세어본다.

8번 답

답 : 4개

오른쪽 방향으로 90° 씩 도형을 돌리면서 20번 째까지 나올 도형을 생각해 본다.
첫 번째와 같은 도형이 나오는 것을 세어보면 답은 4개이다.

다인이가 들려주는 너와 나의 연결 고리
- 뫼비우스

　우리 엄마는 내가 첫째라 나를 임신하셨을 때부터 태교 활동에 신경을 많이 쓰셨다고 한다. 뱃속에 있을 아기를 생각해 아기에게 좋은 음악도 많이 들으시고, 육아에 대한 수업도 들으러 다니셨다. 내가 태어나고, 어린이집과 유치원을 거쳐서 본격적으로 계산을 배우기 시작한 것은 초등학교 때가 아닐까. 지금의 내가 계속해서 수학을 배울 수 있도록 디딤판 역할을 해 준 게 초등학교 수학이다. 하지만 내 어릴 적 기억을 더듬어 생각해 보면 6학년 때의 수학을 많이 어려워했었던 것이 생각난다.

　그리고 난, 앞으로 배워야 할 멀고도 험한 수학의 길에 서서 겁을 먹었다.

　나에게 중학교 1학년 첫 학기 내용은 쉬웠었다. 그때의 느낌들이 아직 나에게 기억으로 남아 있다. 첫 학기 수업을 듣고, 속된 표현으로 중학교 수학은 껌이라고 생각했지만, 시간이 지날수록 그런 생각을 했던 내가 원망스러웠다. 인터넷 서핑을 하다 일명 수포자, 수학을 포기한 자들이 가장 많을 때가 언제라고 생각하냐는 기사를 본 적이 있다. 답은 중학교 2학년 때였다. 초등학교 때부터 중학교 1학년 때까지 쉽게 이해할 만한 내용을 다루다가 중학교 2학년 때 함수가 나오면서 학생들이 점점 수학에 손을 놓기 시작했다고 한다. 그 기사를 읽으면서 나도 함수가 어려웠었다고 공감했다. 고등학교 1학년이 된 지금도 함수라는 단원을 보면 아직까지 거부감이 먼저 든다. 하지만 배울 내용도 많고, 계속 나오니까 안 배울 수가 없다. 처음 접하는 중학교 2학년 때의 함수는 이때까지 한 번도 보지 못 했던 그래프가 등장하니까 하기가 싫었다. 놀았었던 건 중학교 2학년 때 확실히 놀았다. 한참 놀다가 2학년이 끝나갈 때 즈음, 가정 학습을 받았다. 처음 선생님과 상담을 받고 나서 충격을 먹었다. 기본도, 자세도 안 잡혀 있어서 2살 차이나는 동생이 배우던 초등학교 수학부터 다시 배웠다. 수학에 대한 부담과 두려움이 한창 머릿속에서 뒤죽박죽 엉켜 있어서 해야 된다는 걸 알면서도 하지 않았었다. 그리고 시기적으로 한창 반항심이 들끓었던 나이라, 자리에 몇 십 분씩 앉아 있기도 힘들고, 잡다한 생각에 놀 생각뿐이어서 더 힘들었던 나의 중학교 2학년이었다. 그래도 그 시기를 잘 이겨내고 학원도 안 다니던 1년을 벗어나, 다음 해 첫 날부터 새롭게 다짐했었나 보다. 새해 첫 날에 마음먹었던 목표들은 굳은 의지가 없으면 다 깨져버리기 십상인데, 그 의지가 생각보다 오래 갔다. 막상 고입이 1년 앞으로 다가오니 하지 않으면 안 됨을 느꼈다. 놀기도 열심히 놀고, 공부도 할 때는 해도 시험을 치면 항상 수학에서 걸리는 건 어쩔 수 없었다. 중학교 처음 1학년이 되고 첫 학기 때 최고점을 찍은 후, 그 뒤로는 쭉 미끄럼틀이었다. 항상 시험을 치면 40, 50점대에서 못 벗어나고, 90점대 애들은 신기할 뿐이었다.

고등학생이 된 나는 학원을 다니는 게 나랑 맞지 않는 방법 같았다. 학원을 다니면서도 시험 결과가 50점이 나오면 나에게 맞는 다른 공부 방법이 있지 않을까 해서 어렵게 결정한 선택이었다. 내 친구 희원이와 이런저런 얘기를 나누다가, 재미있게 수업을 가르치시는 인터넷 강의 선생님을 추천받았다. 내가 인터넷 강의를 듣게 된 결정적인 일이었다. 추천받은 강의는 그 사이트에서 따로 강좌 비용을 받는 거라서 경제적으로 약간의 부담이 있었다. 하지만 학원도 안 다니겠다 그 학원비를 다른 새로운 내 공부 방법에 투자한다 생각했다. 그리고 이것이 3월 초의 이야기이다. 나는 본격적인 나의 공부 방법을 찾아 공부를 하기 시작했다. 앞에서 말했듯이 나는 혼자 공부하는 독학을 선택했었다. 여기까지 읽은 내 경험담이 자신의 얘기 같다고 느끼는 내 또래 친구들은 수학 공부를 하기에 정말 막막할 것이다. 괜찮다. 자신의 방법을 이제부터 찾아 나가는 거다. 나는 중간고사 시험 기간 때 학교 수업에 집중해서 개념을 쌓고, 부족하다 싶은 부분은 인터넷 강의를 통해 보충을 했었다. 강의 내용이 어렵거나, 다시 봐도 헷갈린다 하는 부분은 선생님과 친구들한테 묻기도 했었다. 그리고 학교 선생님께서 만들어 주신 교과서 문제 프린트를 한 번 풀고, 틀린 문제는 공책에 한 번 더 풀었다. 그리고 아직 손대지 않아 깨끗한 교과서의 문제를 풀면 이미 프린트에서 한 번 풀었던 내용이라 술술 잘 풀리게 되어 있다. 또 문제를 풀다 모르는 내용이 있으면 최대한 주변 사람들의 힘을 활용했다. 친구들에게 묻거나, 선생님들께 묻거나. 다 고맙고 감사하다는 말 드리고 싶다. 우리 학교 수학 시험은 EBS와 워크북이 다 들어갔었다. 그래서 EBS 보충

교재도 학습지처럼 공부했던 방법으로 공책을 활용해 문제를 다시 풀었다. 워크북도 기본 문제를 풀다 모르는 것들은 해설을 보거나 물어 봐서 어떻게 푸는 건지 알아보려고 노력했다. 제일 중요한 건 선생님 말씀을 집중해서 잘 듣는 거다. 특히 시험을 앞둔 몇 주 동안의 선생님 말씀이 다 시험 문제고 답이라는 말이 하나도 틀린 게 없다. 말씀 하나 하나 다 힌트고, 놓치면 안 되겠다는 생각을 더욱 하게 했다.

이번 1학년 1학기 기말고사 시험 기간 때는, 개념 이해하는 데에 시간을 너무 끌어 구체적인 수학 공부 시간을 잘 배분하지 못 했었다. 그래서 심화 문제들을 따로 다 풀지 못 해서 아쉬움이 많이 남았다. 중간고사 때는 심화 문제도 꽤 풀었다. 중간고사 때는 일주일 전, 기말고사 때는 3, 4일 전에 교과서 문제를 쭉 풀고 답을 매긴 다음, 틀린 것 위주로 다시 봤다. 다른 것보다 기본이 제일 중요한 것 같아서 교과서를 다시 보고, 많이 풀도록 노력한 것 같다.

다른 친구들이 공부하는 방법도 알아 봤다. 사실 나도 내가 공부하는 게 잘 된 방법인지 아닌 건지를 잘 알지 못 해서 다른 친구들이 공부하는 방법도 궁금했다. 그래서 내 친구 소림이에게 수학 공부하는 방법을 물었다. 소림이는 흔쾌히 나에게 공부 방법을 알려 준다고 했다. 소림이는 반 학기 정도는 예습을 하고, 시험 한 달 전부터는 시험에 해당하는 수학 공부만 한다고 한다. 먼저 쉬운 문제로 유형을 익히고, 그 다음 수학 문제집 B단계를 풀다가 (A, B, C처럼 단계별로 문제 난이도가 다른 것 같았다.) 시험 1, 2주 전에 C단계를 푼다고 알려줬다. 하루에 2~3시간이면 다 풀 수 있는 양이라고 하는데, 풀다가 조금 어렵고 나올 것 같은 내용은 한 문제를 여러 번 풀어 유형을 익히는 게 중요하다고 했다. 그리고 시험 며칠 전에는 문제를 풀지 않고 정리를 한다고 말해 주었다. 소림이 성격답게 꼼꼼하게 수학 공부를 하는 것 같았다.

그리고 나는, 공부의 왕도에 나왔던 학생의 공부 방법도 찾아 봤다. 그 학생은 고등학교 졸업을 하고 서울대 수학 교육과를 간 수학 공부 방법을 공유해 주었다. 그 방법은 바로 '가르치며 공부하기' 라고 한다. 개념을 정확하고 확실하게 알고, 문제에서 물어보는 각종 조건들을 꼼꼼하게 따져 본다고 한다. 그리고 문제 접근 방식, 문제에 필요한 개념들까지 모든 풀이 과정을 꼼꼼하게 노트에 정리를 해 친구에게 모르는 문제를 반복 설명해서 수학 성적을 올렸다고 말한다. 여기서 중요한 포인트는, 한 문제를 다양한 방법으로 풀고, 그 방법들을 친구들과 서로 가르치며 공부한 내용을 공유한다는 것이다. 혼자서 공부하는 방법과는 다른 기발한 방법인 것 같다. 남에게 문제를 한 번 더 설명함으로써 나도 지식이 늘고, 모르는 문제를 알게 된 친구에게도 득이 되는 수학 공부 방법인 것 같다고 느꼈다. 그리고 하나 더 보태면, 앞에서 말한 희원이가 알려 줬다던 수학 인터넷 강좌 중 내가 듣고 있는 선생님께서 알려 주신 수학 방법이 있다. 그 선생님께서는 수학은 절대 암기 과목이 아니라, 반복 학습이라고 강조하셨다. 그래서 선생님이 개발하신 5단계 공부법이라는 게 있는데, 서울대 수학 교육과를 간 학생 공부 방법과 비슷하다. 인터넷 강의를 듣고, 내가 선생님인 척 그 수학 개념을 5번 나 혼자 스스로 설명을 하는 방법이다. 그 5번을 한 번에 하면 효과가 없으니까, 2주 간격을 두고 혼자 반복하는 것이다. 선생님께서 5단계 공부법을 알려 주시면서, 나 혼자 설명을 하다 그 개념이 기억이 나지 않고 잊어버리는 것은 당연한 것이라고 하셨다. 그래서 더욱 반복 학습이 필요하고, 5번 설명을 하면서 그 수학 개념이 내 것이 되는 거라고 알려 주셨다.

    오늘날은 과학 기술이 발전하고, 전 세계적으로 정보를 빠르게 주고받을 수 있는 정보화 시대이다.

    우리 주변에서 흔하게 가장 많이 볼 수 있는 기계는 당연 스마트폰이 아닐까. 5명 중 3명은 스마트폰을 소유하고 있을 거라 생각해 본다. 하지만 우리는 기억할 것이다, 2G의 시대를! 내가 불과 초등학생이었을 때까지만 해도, (2011년) 스마트폰이 많이 보급되지 않았고, 출시된 지 얼마 되지 않아 높은 가격대의 부담에 2G폰을 쓰는 사람들이 많았다. 그리고 인터넷이 힘들고, 문자와 전화가 주 기능이었던 2G폰에 즐거움을 주던 게임이 있었다. 핸드폰 기종마다 다 달랐겠지만, 스토쿠라는 숫자를 풀어 문제를 맞히어 나가는 게임이 있었다. 남녀노소 누구나 게임 방법만 알면 쉽게 즐길 수 있는 게임인데, 9＊9 칸이 있는 게임 판에서, 1부터 9까지의 숫자가 세로와 가로로 같은 숫자가 하나라도 겹치지 않게 알맞은 숫자를 집어넣는 것이다. 1부터 9까지의 숫자 중에서 하나씩은 꼭 넣어야 되며, 초급 게임은 처음부터 게임 판에 주어지는 숫자의 수가 많다. 레벨이 높아져서 어려워질수록 게임 판의 빈 칸이 많아지고, 내가 그 숫자들을 다 채워야 된다.

    스마트폰의 사용이 늘면서 핸드폰 게임의 종류도 다양하게 늘어나고, 스토쿠를 찾는 사람이 많이 없어진 것 같아 한편으로는 아쉽다. 가끔 신

문을 읽으면 이 게임이 있기도 해서, 혼자 풀어 봤던 기억이 난다. 이런 식으로 우린 수학적인 능력을 요구하는 게임과도 많은 접촉이 있었다는 것을 알 수 있다. 하지만 우리나라 수학의 문제점은, 수학의 흥미를 없어지도록 만드는 것이라고 생각한다. 그러니까 어릴 때부터 너무 틀에 박힌 수학들만 가르친다는 것이다. 수학을 배우는 학생들이 한 번쯤 생각해 봤을 듯한 문제점이지 않을까. 우리나라 학생들의 창의력이 현저하게 떨어지는 이유는, 어릴 때부터 배운 반 강제적인 주입식 교육도 한몫을 하는 것 같다. 무조건 수학을 선생님께서 설명해 주시는 대로 외우고 시험을 치고 나서 다 잊어버리는 학생들이 아마 대부분일 것이다.

수학은 이해이다. 수학에 있어서 이해는 정말 중요한 것 같다. 우리가 하는 한국어도 이해를 못 하면 의사소통이 될까? 쉽게 들어온 것은 쉽게 나가게 되어 있기 마련이다. 지식 또한 다르지 않을 것이다. 노력하고, 또 노력해야 내 것이 되고, 시험으로 보자면 고득점을 얻는 방법이 되는 것이다. 무조건 학원이나 선생님들께서 하시는 개념 설명을 곧이곧대로 외워 버리지 말고, 복습을 해서 내 것으로 만들어야 된다.

직업을 갖기 위해서 어떤 시험을 보든 수학을 보지 않는 시험은 잘 없는 것 같다. 요즘에는 모든 시험의 기본 과목 중 하나인 듯하다. 내 꿈은 사회 복지사인데, 수학을 잘 하면 그것이 절대 마이너스 요인이 되진 않는다. 몇 년전부터 사회 복지직 시험과목 중 수학이 선택과목으로 들어갔다. 수능에도 수학 과목이 있고, 현재 우리가 학교에서 배우는 과목에도 수학이 있다. 다 쓰일 곳이 분명히 있으니까 지금 조금 힘들게 배워 놓는 거라 생각한다. 그러니 나를 포함한 모든 학생들이 절망하지 않고, 미래를 위해 수학을 열심히 공부했으면 좋겠다는 게 나의 바람이다.

나리가 들려주는 숫자 미공개 파일
- 숫자가 태어났어요!

숫자가 태어났어요!

저는 호기심 왕성한 따옴표 초등학교 교사 설명혜예요. 오늘 수학시간 주제는 '무엇이든 질문하세요!' 인데 과연 초등학생들은 어떤 질문을 할지 굉장히 기대가 되네요. 어려운 질문만 아니면 좋으련만……

항상 제 기대에 부응하는 초등학생답지 않은 질문들을 했던 태준이가 오늘도 어김없이 손을 번쩍 들고는 제게 질문을 하네요.

"선생님! 여기 있는 이 숫자들은 왜 만들어진 거예요?"

정말 태준이다운 질문이에요. 생각지도 못한 질문에 잠시 멈칫하고는 이내 앞에 있는 책 9권을 가리키며 태준이에게 질문했어요.

"자, 태준아. 태준이는 여기 있는 책들이 몇 권인지 바로 셀 수 있어요?"

정말 자신만만한 표정으로 네! 라고 대답하고는 손가락으로 하나하나 짚어 가며 하나, 둘, 셋, 넷… 아홉. 하고 책이 아홉 권이라며 손가락을 아홉 개 펴서 보여주는 태준이. 저는 잘했다며 비타민 하나를 쥐어주곤 또 다시 태준이에게 질문을 했어요.

"음, 그럼 여기 있는 책 중에 선생님이 2권을 가져가면 몇 권이 되는지 바로 알 수 있어요?"

아직 초등학교 저학년에게는 암산이 무리였는지 손가락을 꼼지락 대며 계산을 하네요.

"아홉 개에서 두 개……"

손가락 아홉 개를 쫙 펴곤 하나, 둘 하며 손가락을 접고는 일곱 개의 손가락만을 쫙 편 뒤 "일곱 개요!"라고 대답하네요.

"태준이는 손가락을 접어가면서 계산하는 게 편해요?"라고 물었더니 당연하다는 듯이 고개를 끄덕이며 "네! 손가락으로 계산하는 게 더 편해요!"라고 하는 태준이에게 그럴 줄 알았다는 듯이 "그렇죠? 그래서 옛날 사람들도 숫자를 만들기 전에 손가락으로 숫자를 셌다고 해요." 라고 대답해 주었어요.

아직 뭔가 궁금하다는 표정으로 태준이가 또 다시 질문을 해요. "우와, 그렇구나! 근데 왜 숫자가 1부터 10까지 있는 거예요?" "음 그건 말이야. 태준이 손가락을 쫙 펴 봐요. 태준이 손가락은 몇 개예요?"

"열 개예요!" "그래서 숫자가 1부터 10까지 있는 거랍니다." 이제 뭔가 좀 해결된 듯한 표정으로 연신 고개를 끄덕이더니 "감사합니다. 선생님~"이라고 하는 태준이. 태준이는 이해가 된 것 같지만 아직 설명할 것이 좀 더 남아 있어서 보충설명을 해야겠어요.

"태준이가 질문을 잘 했어요. 선생님이 설명을 좀 더 하자면, 숫자는 옛날 인도 사람들에 의해서 만들어졌는데, 그들은 동물을 키우거나 재산을 소유하게 되면서 손가락으로 숫자를 세기 시작했대요. 아까 설명했듯이 손가락이 10개니까 10진법이라는 것이 생긴 거예요~"

그때 태준이의 짝꿍인 수민이가 공책에 적혀 있는 숫자를 가리키며 "선생님! 그럼 왜 숫자가 이렇게 생긴 거예요? 손가락으로 숫자를 센 것이면 숫자 모양도 손가락처럼 생겨야 되는 거 아니에요?"

"음, 숫자를 적을 때마다 손가락을 그리는 것은 너무 힘들고 시간도 오래 걸리잖아요. 그게 불편했던 인도 사람들이 숫자를 기호로 나타내는 과정에서 제일 간단하게 만들다 보니 이렇게 된 것이 아닐까 싶어요." 제 대답이 충분한 대답이 되지 못 한 건지 꿍 한 표정을 지으며 "왜요?"라고 되묻는 수민이. "선생님도 그때 인도에서 살고 있었더라면 대답을 해 줄 수 있었겠지만, 아쉽게도 선생님은 대한민국에 살고 있어서 그건 잘 모르겠어요. 수민이가 꿈에서 인도사람을 만난다면 꼭 한번 물어보고 선생님이랑 반 친구들한테 알려줘요!"

그것에 대해서는 전해 내려진 것이 없으니 차마 잘못된 지식을 알려 줄 수는 없어 대충 얼버무렸어요. 이제 좀 숨을 돌리나 했더니 제일 앞자리에 앉은 예빈이가 다른 질문을 해오네요.

"선생님, 저희 오빠가 숫자의 원래 이름이 아라비아 숫자라고 하던데요. 그러면 숫자는 아라비아에서 만들어진 거 아니에요?"

"음. 아주 틀린 말은 아니지만 숫자는 인도에서 발명되어서 아라비아로 전해진 거예요. 숫자가 아라비아에서 유럽으로 건너와서 아라비아 숫자라고 부르고 있지만, 사실 정확하게 말한다면 인도-아라비아 숫자라고 부르는 게 맞아요."

아직 초등학생에겐 조금 어려운 설명인가 싶기도 하지만 제일 쉽게 설명한 것이라 더 이상 쉽게 설명할 수가 없을 것 같아요 :D

"설명하는 김에 숫자에 대해 좀 더 자세히 알아볼까요? 숫자를 발명한 사람의 이름과 시대는 알려지지 않고 있어요. 하지만 1400~1500년 전에 인도에서 숫자가 만들어졌다는 것은 알려 줄 수 있어요. 여러분은 숫자를 쉽게 배우고 있지만 아주 먼 옛날에는 이 숫자를 만든 것이 엄청 대단한 일이었어요. 인도 사람들은 이 숫자들 덕분에 덧셈, 뺄셈, 곱셈, 나눗셈 등을 할 수 있었대요. 선생님 생각에는 인도, 이집트, 그리스, 로마 사람들이 수 천 년이라는 긴 세월 전에 복잡한 계산들을 척척 해낸 것도 이 숫자 덕분이라고 생각해요!"

길다고 느낀다면 길었을 설명을 끝내고 나니 아이들은 대부분 딴 짓을 하고 있네요. 잡담을 하는 아이들도 더러 있고, 낙서를 하는 아이들도 보이고. 역시 아직 수학은 초등학교 저학년 아이들에게는 어려운 과목인가 봐요. 다른 학생들이라도 제 설명을 듣고 수학의 탄생에 대해 쉽게 알게 되었으면 좋겠네요! 그럼 안녕!

0의 발견

이처럼 0을 발견하기 전에는 계산할 때 1과 5 사이에 적을 것이 없어서 이런 일이 발생하기도 했을 것 같아요.

하지만 0을 발견한 후에는 →

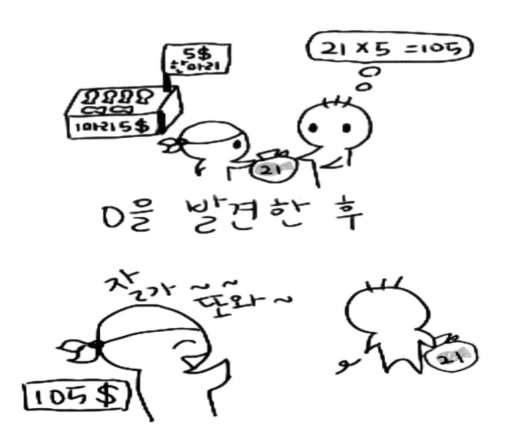

이렇게 우리의 삶을 공정하게 해준 0은 5~6세기 경 인도사람이 발견한 것으로 전해지고 있는데, 0이라는 숫자는 820년경의 인도 문헌에서 처음 발견되었다고 해요.

나리가 반 강제로 알려드리는
우리가 잘 몰랐던 수학자 "오일러"

"우리는 우리의 판단력보다 도리어 대수적 계산에 신뢰를 두어야 한다."

– 오일러 (1707년 4월 15일~1783년 9월 18일)

위와 같은 말을 남긴 수학자 오일러는 백내장을 앓고 있었습니다. 한 번 수술을 해서 어느 정도 시력을 회복했지만, 얼마 지나지 않아서 곧 시력을 잃었다고 합니다. 그는 완전히 시력을 잃기 전에 양쪽 눈을 감고 종이에 수식을 쓰는 연습을 했었으며, 그는 맹인이 되고 난 후에도 절망하지 않고 학문을 계속 연구했다고 합니다. 그리고 그는 친구에게 제자 한 명을 보내 달라고 부탁하여 그 제자에게 대필을 부탁하였고, 그 결과 그는 앞을 볼 수 없는 상황에서도 약 2만 페이지에 달하는 논문을 발표할 수 있었다고 합니다.

이 명언을 보고 처음에는 우리의 판단력보다 계산에 신뢰를 두어야 한다니 이게 무슨 말인가 싶었습니다. 하지만 오일러의 생애와 업적을 알고 나니 오일러가 정말 수학에 일생을 바쳤고, 수학에 대한 애착이 대단하다는 것을 느꼈습니다. 이렇게 일생을 바쳐서 알아낸 오일러 공식을 저는 단지 문제를 풀기 위한 것이라고 가볍게 생각하고 넘겼으니 수학자 오일러님께 죄송한 마음이 들었습니다. 혹시 여러분도 저처럼 생각하진 않으셨나요? 그렇다면 이 글을 보고 조금이나마 생각이 달라졌으면 합니다. :D

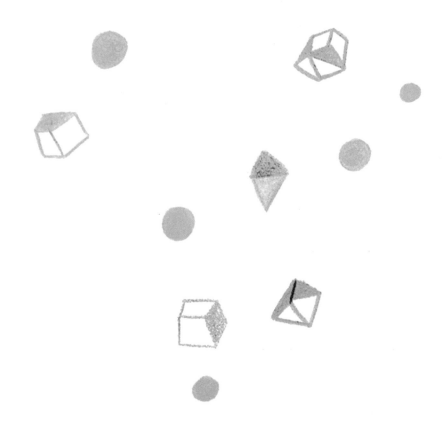

51

LEVEL 2 중급자용

따옴표 신문

발행인 : 이지민

네이든

숫자를 사랑한 소년
진짜사랑을 찾다

영화 '네이든' 은 수학에 천재적인 재능을 가진 '네이든' 에게 세상 누구보다 특별한 존재였던 아빠가 갑작스런 교통사고로 세상을 떠나면서 시작한다. 그의 곁에는 아들의 마음의 문을 열기 위해 노력하는 엄마 '줄리' 와 한때 '네이든' 처럼 수학 천재였지만 지금은 마음과 몸의 병을 앓고 있는 수학선생 '험프리스' 가 있다. 그들의 애정과 지도로 '네이든' 은 국제수학올림피아드 영국 대표로 선발돼 대만에서 열리는 합숙훈련에 참가할 기회를 얻는다. 둘이 한 팀을 이뤄 실력을 겨루는 합숙훈련. '네이든' 은 함께 팀이 된 중국 소녀 '장메이' 에게서 특별한 감정을 느끼기 시작한다. 그것은 그동안 숫자로 세상을 이해한 '네이든' 에게 수학공식으로도 풀리지 않는 이상한 감정이다.

Q. 이게 뭘까요? 3.1415926535 8979323846 2643383279 5028841971

6939937510 5820974944 5923078164 0628620899 8628034825 3421170679 8214808651 3282306647 0938446095 5058223172

5359408128 4811174502 8410270193 8521105559 6446229489 5493038196 4428810975 6659334461 2847564823 3786783165

2712019091 4564856692 3460348610 4543266482 1339360726 0249141273 7245870066 0631558817 4881520920 9628292540

9171536436 7892590360 0113305305 4882046652 1384146951 9415116094 3305727036 5759591953 0921861173 8193261179

3105118548 0744623799 6274956735 1885752724 8912279381 8301194912 9833673362 4406566430 8602139494 6395224737

1907021798 6094370277 0539217176 2931767523 8467481846 7669405132 0005681271 4526356082 7785771342 7577896091

7363717872 1468440901 2249534301 4654958537 1050792279 6892589235 4201995611 2129021960 8640344181 5981362977

4771309960 5187072113 4999999837 2978049951 0597317328 1609631859 5024459455 3469083026 4252230825 3344685035

2619311881 7101000313 7838752886 5875332083 8142061717 7669147303 5982534904 2875546873 1159562863 8823537875

9375195778 1857780532 1712268066 1300192787 6611195909 2164201989

A. 원주율 (π) 원주의 길이와 그 지름의 비

옛날 사람들은 원의 둘레나 넓이를 구하기 위해서 직접 대보거나 길이를 재면서 측정했다.

아르키메데스는 그의 저서 '원의 측정에 관해'에서 원주율의 범위를 223/71보다 작다는 것을 밝혀냈다.

그리고 독일의 수학자 루돌프는 그의 일생을 원주율 계산에 바쳐 소수점 아래 35자리까지 알아내어

그의 묘비에 원주율 값을 새겨달라고 부탁했다고 한다.

그렇게 원주율의 개념을 확립하고 있을 때 스위스의 수학자 오일러는 원주율을 π라고 정의하였다.

원주율로 원의 둘레나 넓이를 구할 수 있다.

그런데 이 길고 많은 숫자들만 본 사람들은 이것으로 어떻게 계산할 수 있는지 혼란스러울 것이다.

사실 원주율은 π나 소수점 둘째 자리까지인 3.14로 사용하기 때문에 계산하는 것에는 큰 어려움이 없다.

그래서 원의 둘레를 구할 때는 지름×원주율, 원의 넓이를 구할 때는 반지름의 제곱×원주율을 하면 된다.

예를 들어

반지름이 5인 원에서

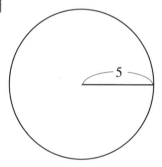 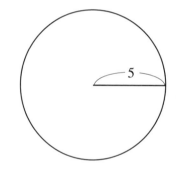

〈원의 둘레 구하기〉

– 원의 둘레 : 10(지름)×3.14

= 31.4

= 10π

〈원의 넓이 구하기〉

– 원의 넓이 : 5×5(반지름의 제곱)×3.14

= 78.5

= 25π

밀당

김나리

처음부터 어려웠으면

기대를 안 했을 텐데.

    수학 모의고사 첫 페이지는 단순한 문제들이라 쉽게 풀렸습니다. 그래서 '이번에는 3월 모의고사보다 점수가 좀 더 잘 나오겠지?' 하는 기대를 품고 시험에 응했지만, 뒤쪽으로 페이지가 넘어가고 문제를 풀어가다 보니 첫 페이지를 풀 때 든 생각만큼 점수가 안 나오겠구나 싶을 정도로 어렵고 복잡한 문제들이 많았습니다. 그때부터 문제를 푸는 건지 꼬인 제 정신줄을 푸는 건지 하는 생각이 들기 시작했습니다. 그때의 기분을 시로 나타낸 것이 이 '밀당'이라는 시입니다. 마치 모의고사 출제위원 선생님들과 제가 문제로 밀고 당기기를 하는 느낌이 들어서 제목을 '밀당'이라고 붙였습니다.

진영이가 들려주는 수학공주에게 매력 어필하기
- 수학공주

어느 먼 옛날, 외모도 평범하고 경제력도 없지만 똑똑한 청년 농부가 살고 있었어요. 이 청년은 이 마을의 아름다운 공주를 남몰래 짝사랑하고 있었어요. 하지만 이 청년은 돈이 많은 부자도 아니고, 그렇다고 엄청난 외모를 가지지도 않았기 때문에 공주에게 자신의 마음을 표현하기엔 턱없이 부족하다고 느끼고 있었어요. 그래서 그는 낮에는 농사를 지으며 농사를 지은 곡식을 팔고, 밤에는 자신이 좋아하던 책을 읽으며 하루하루를 보내고 있었어요. 그렇게 나날을 보내며 공주를 좋아한 지 2년이 되어 가던 어느 날 오후, 밭일만 열심히 하던 청년은 공주에게 찾아가 자신의 사랑을 고백하기로 굳은 결심을 했어요. 그리하여 청년은 하고 있던 밭일을 내팽개친 채 궁궐로 열심히 걸어가기 시작했어요. 얼마 걸어가지 않아 궁궐이 보였고, 청년은 심호흡을 한 후 곧장 들어갔어요. 그리고 공주를 만나 인사를 건넨 후 말을 꺼냈어요.

"2년 동안 그대를 사모하고 있었습니다. 저와 결혼해 주세요!"

그러자 공주는 청년의 갑작스러운 고백에 한참을 고민하더니 입을 뗐어요. 사실 공주도 이 청년을 나쁘지 않게 생각하고 있었어요. 성실하고 똑똑하기 때문이죠.

"그렇다면, 제가 낸 문제들을 모두 맞추신다면 그 고백을 받아들이도록 할게요."

청년은 한치의 고민도 없이 공주의 제안을 받아들였어요. 공주는 준비해 둔 문제를 가지고 밖으로 나갔어요. 그리고 청년도 그 뒤를 따라갔어요. 공주는 말했어요.

"제가 준비한 첫 번째 문제는 물의 정확한 수치를 알아내는 것이에요. 여기 큰 그릇 하나와 500㎖, 300㎖ 비커 두 개가 있어요. 이 두 개의 비커를 사용하여 400㎖의 물을 재주세요."

청년은 이 문제를 듣고 어쩔 줄 몰라 했어요. 하지만 이내 곧 문제의 답을 찾아갔어요. 항상 농사를 위해 물의 수치를 재어 왔기 때문에 이 문제를 수월하게 풀 수 있었어요. 그래서 자신 있게 문제를 풀고 외쳤어요.

"우선, 300㎖ 비커에 물을 가득 채운 후 500㎖ 비커에 옮겨 둡니다. 그리고 300㎖ 비커에 다시 물을 붓고, 500㎖를 마저 채워주세요. 그러면 300㎖ 비커 속엔 100㎖의 물만 남게 됩니다. 그 다음엔, 500㎖ 비커에 가득 찬 물을 버립니다. 300㎖ 비커에 담겨 있던 100㎖의 물을 500㎖비커에 담은 후, 300㎖ 비커에 물을 가득 채운 뒤 100㎖가 들어 있는 500㎖ 비커에 물을 마저 부어주시면 400㎖가 완성됩니다!"

청년의 말이 끝나자 문제를 정확하게 풀어낸 것을 보고 공주는 미소를 지었어요. 왜냐하면 이때까지 공주에게 고백을 하러 온 많은 남자들이 있었지만, 모두들 문제를 낸다는 말에 기겁하고 도망가거나 문제를 풀어낸 사람들이 한 명도 없었기 때문이에요. 한껏 표정이 밝아진 공주는 다음으로 낼 문제를 생각했어요.

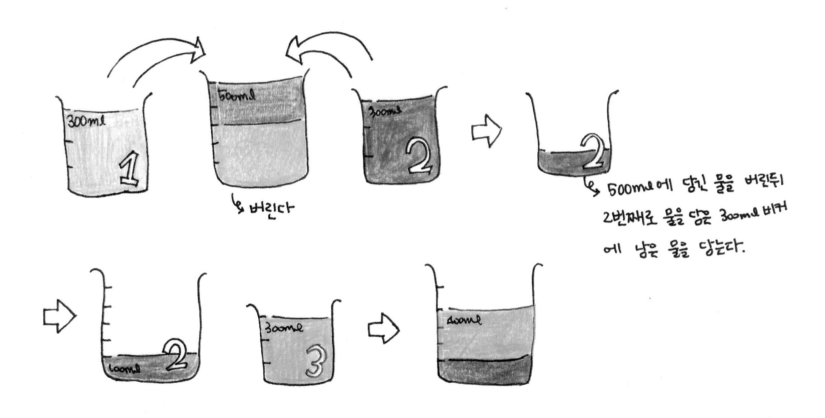

버린다

500mℓ에 담긴 물을 버린뒤
2번째로 물을 담은 300mℓ 비커
에 남은 물을 담는다.

"첫 번째 문제는 굉장히 잘 풀어내셨네요. 두 번째 문제도 잘 풀어 주셨으면 좋겠어요. 두 번째 문제는 제가 오늘 파티에 참석했었는데, 이 파티에 참석한 모든 분들이 서로 악수한 횟수가 총 190번이라고 해요. 그렇다면 오늘 이 파티에 참석한 사람들은 총 몇 명이었는지 맞춰주세요. 단, 참석한 모든 사람이 빠짐없이 악수를 해야 해요."

청년은 두 번째 문제 설명이 끝나기도 전에 당황하는 기색이 역력했어요. 그렇게 많은 악수를 해 본 적이 없어서 포기하고 돌아가야 하나라는 생각이 그의 머리에 지나쳐 갔어요. 그러나 이내 곧 정신을 추스르고 문제를 다시 한 번 차근히 떠올려 보았어요. 생각을 마친 청년은 공주가 제공해 준 펜을 들고 종이에 그림으로 상황을 정리하고 식을 적고 살펴보았어요. 그리고 침착하게 식을 만들어 풀어나갔어요.

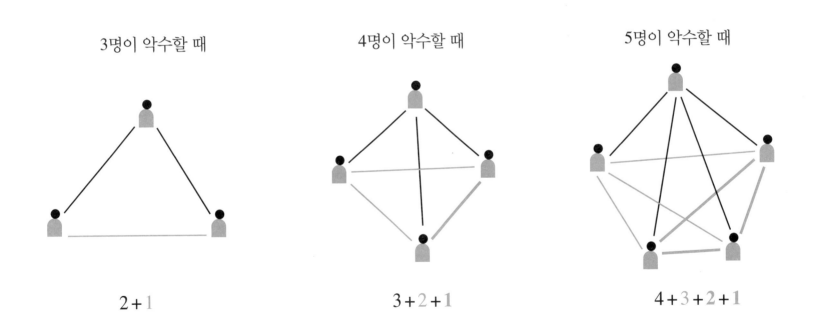

3명이 악수할 때   4명이 악수할 때   5명이 악수할 때

2+1   3+2+1   4+3+2+1

n명이 악수할 때 $\quad (n-1) + (n-2) + (n-3) + \cdots\cdots + 1$

가우스의 덧셈법 (합을 Sn이라 하자)

$$
\begin{array}{r}
\overbrace{(n-1) + (n-2) + \cdots\cdots + 1}^{(n-1)개} \\
+ \underbrace{1 \ + \ 2 \ + \cdots\cdots + (n-1)}_{n \qquad n \qquad\qquad n} \\
\end{array}
$$

$2Sn = n(n-1)$

$\therefore Sn = \dfrac{n(n-1)}{2}$

$$\frac{x(x-1)}{2} = 190$$

$$x(x-1) = 380$$

$$x^2 - x = 380$$

$$x^2 - x - 380 = 0$$

$$(x-20)(x+19) = 0$$

$$x = 20, \, x = -19$$

$x = 20$ 파티에 참석한 사람은 20명이다.

풀이를 끝마친 청년은 미묘한 표정으로 공주에게 종이를 주었어요. 종이를 건네받은 공주도 미묘한 표정을 지으며 풀이를 읽어나갔어요. 그리고 마침내 풀이를 다 읽은 공주는 미소를 지으며 청년에게 말을 했어요.

"역시 제가 생각한 것만큼 똑똑한 분이시네요. 앞으로 얼마 남지 않았으니 끝까지 저를 실망시키지 않고 최선을 다해주세요~"

공주의 말에 청년은 안도의 한숨을 내쉬었어요. 못 풀어낼 줄 알았던 문제를 푼 것에 성공한 청년은 공주와 결혼할 수 있다는 희망에 한층 더 나아가게 돼서 매우 기뻐했어요. 문제 풀기에 집중한 나머지 허기가 진 청년은 공주에게 음식을 달라고 이야기하고 싶었지만, 꾹 참아내서 마지막 문제까지 풀고 공주와 근사하게 저녁을 먹으리라 다짐을 했어요. 이러한 청년의 마음을 모르는 공주는 여유롭게 세 번째 문제를 준비했어요.

"고지가 코앞이에요. 이 문제도 잘 풀어내실 수 있을 거라 생각해요. 하지만 조금 어려운 문제가 될 수도 있겠네요. 문제는 이것입니다."

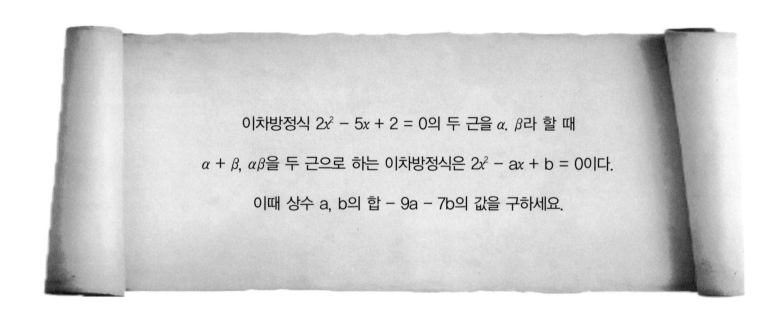

이차방정식 $2x^2 - 5x + 2 = 0$의 두 근을 α, β라 할 때

$\alpha + \beta$, $\alpha\beta$을 두 근으로 하는 이차방정식은 $2x^2 - ax + b = 0$이다.

이때 상수 a, b의 합 $- 9a - 7b$의 값을 구하세요.

또 다시 청년에게 위기가 다가왔어요. 그래도 앞의 문제는 이항만 잘하면 답이 나왔지만 이번에는 어떻게 풀어야 할지 막막했어요. 사실 이번 문제는 군이 알파와 베타의 값을 다 구하지 않아도 된다는 점을 청년은 미처 알지 못했어요. 청년은 우울한 표정으로 문제를 몇 십 분을 쳐다보고 있었어요. 청년의 애처로운 표정을 본 공주의 아버지인 왕은 청년에게 몰래 쪽지를 건넸어요. 왕은 이 청년이 꼭 자신의 뒤를 이어줄 왕이 되길 바랐던 것이었어요. 청년은 갑자기 전해 받은 쪽지를 보고 깜짝 놀랐어요. 그리고 그 쪽지를 펼쳐보았어요. 그 쪽지는 왕이 적어 놓은 공식의 일부분이었어요.

〈왕이 준 쪽지〉

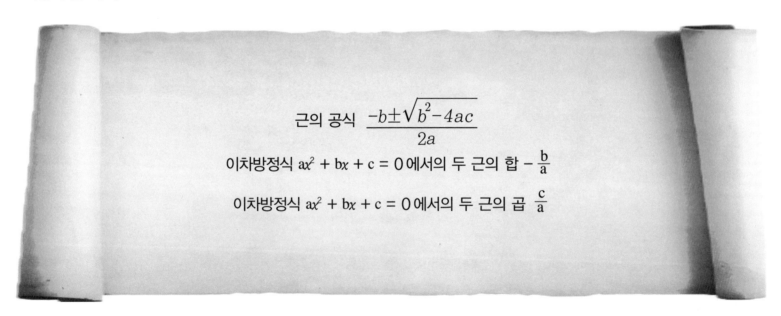

근의 공식 $\dfrac{-b \pm \sqrt{b^2 - 4ac}}{2a}$

이차방정식 $ax^2 + bx + c = 0$에서의 두 근의 합 $-\dfrac{b}{a}$

이차방정식 $ax^2 + bx + c = 0$에서의 두 근의 곱 $\dfrac{c}{a}$

청년은 이 종이를 받아들고는 고민을 했어요. 이 공식들을 보면 왠지 풀어낼 수 있을 것 같다는 확신을 했어요. 청년은 빈 종이에 풀이를 써 내려갔어요.

$2x^2 - 5x + 2 = 0$에서 두 근의 합과 곱을 구한다.

두 근의 합 $(\alpha + \beta)$은 $-\dfrac{b}{a}$ 을 사용해서 구하면 $-\dfrac{-5}{2}$ 따라서 $\dfrac{5}{2}$가 된다.

두 근의 곱 $(\alpha\beta)$은 $\dfrac{c}{a}$를 사용해서 구하면 $\dfrac{2}{2}$ 즉, 1이 된다.

$\alpha + \beta, \alpha\beta$은 두 근으로 하는 이차방정식은 $x^2 - \{(\alpha + \beta) + \alpha\beta\}x + (\alpha + \beta)\alpha\beta = 0$

$$x^2 - (\dfrac{5}{2} + 1)x + \dfrac{5}{2} = 0$$

$$x^2 - \dfrac{7}{2}x + \dfrac{5}{2} = 0$$

$$2x^2 - 7x + 5 = 0$$

$$a = -7, b = 5$$

$$\therefore -9a - 7b = -9 \times (-7) + (-7) \times 5 = 28$$

호기롭게 문제를 다 풀어낸 청년은 말했어요.

"사실 이 문제의 방향을 잡지 못하고 있었는데 누군가의 도움으로 풀 수 있었어요. 그리고 처음에는 근의 공식을 사용하여 이차방정식의 두 개의 근을 구해내어 대입하는 문제인 줄 알았지만 두 근의 합과 곱만 구할 수 있으면 더 쉽게 풀어나갈 수 있단 것을 알고 두 근의 합과 곱을 사용하여 문제를 풀어보았더니 답이 28이 나왔어요!"

누군가의 도움을 받아 문제를 풀어냈다는 청년의 말에 공주는 잠시 주춤거렸지만 그래도 훌륭하게 풀어낸 청년의 노력을 무시할 수 없다고 생각했어요.

"당신은 비록 도움을 받았지만 근의 공식으로 두 근을 다 찾아내어 풀지 않고, 제가 원하는 의도로 풀어냈기 때문에 통과시켜 드리도록 할게요. 이제 마지막 한 문제가 남아 있네요."

청년은 마지막 문제라는 걸 듣고는 안심했어요. 이 이상의 문제는 못 풀 것 같았기 때문이었어요. 그 마지막 문제를 내는 공주의 목소리가 들려 왔어요.

"정말 고생이 많으셨습니다. 이 문제만 풀어주시면 됩니다. 마지막 문제는 바로……. 원가가 10,000원인 어떤 농작물에 얼마의 이윤을 붙여 팔았습니다. 팔고 남은 농작물의 재고는 판매 가격에서 이 이윤만큼을 할인하여 팔았더니 한 개당 625원의 손해를 입었습니다. 이때 이윤의 값을 구해 주세요."

청년은 문제를 듣고 속으로 환호했어요. 왠지 모르게 풀 수 있을 것 같다는 생각을 느꼈어요. 또, 이번에는 그 누구의 도움도 받지 않고 혼자 힘으로 문제를 풀어 가는 모습을 공주에게 보여주고 싶었기에 청년은 그 어느 때보다 최선을 다했어요.

이윤을 x라고 하면,

원가에 이윤을 붙인 판매 가격은 $10000 + (10000 \times \frac{x}{100}) = 10000 + 100x$ 이고

(판매 가격에 이윤을 할인한 판매액)−(원가) $= (10000 + 100x) \times \frac{(100-x)}{100} - 10000 = -625$ 이다.

$$(100 + x) \times (100 - x) - 10000 = -625$$

$$10000 - x^2 - 10000 = -625$$

$$-x^2 = -625$$

$$x^2 = 625$$

$$x = \pm 25$$

$$\therefore x = 25$$

청년은 문제를 혼자 힘으로 풀어낸 후 당당하게 공주에게 내밀었어요. 공주는 놀랐어요. 도움을 받지 않고 이 어려운 문제를 풀어낸 청년의 모습이 멋있다고 느끼고 있을 때 청년이 말을 했어요.

"제가 몇 시간의 투쟁 끝에 공주가 낸 문제를 모두 다 통과한 것 같네요. 이제 나의 고백에 응해 주시겠어요?"

공주는 잠시 고민하다 수줍은 듯 고개를 끄덕이며 대답했어요. 청년은 공주의 모습에 기쁜 마음을 감출 수가 없었어요. 그리고 해가 저물어

갈 때쯤 노을을 배경 삼아 아름다운 공주의 정원에서 맛있는 식사를 함께 했어요.

청년은 공주에게도 가벼운 문제 하나를 내고 싶어 물어봤어요.

"갑작스럽게 죄송하지만 문제 하나만 내드려도 될까요?"

"네, 얼마든지요."

공주의 시원한 반응에 청년은 가벼운 마음으로 문제를 냈어요.

"그냥 가볍게 하나 내볼게요! 두 원 O, O'의 넓이의 비가 1:4입니다. 원 O의 반지름의 길이가 3일 때, 원 O'의 반지름의 길이를 구해 주세요."

공주는 문제를 듣자마자 바로 풀이를 해나갔어요.

원 O'의 반지름의 길이를 x라 하고 풀기 시작했어요.

" $1:4 = (3 \times 3 \times 3.14) : (x \times x \times 3.14)$

　$4 \times 3 \times 3 \times 3.14 = x \times x \times 3.14$

　$x^2 = 36$　$x = \pm 36$ 반지름이므로 양수인 6이 답이겠죠?"

이 문제를 끝으로 공주와 청년은 오래오래 행복하게 살았답니다.

소림이와 수학자를 만나자!
- 수학포털

한줄기 빛조차 찾을 수 없을 만큼 끝이 보이지 않는 어둠. 나는 왜 여기에 오게 되었지? 이곳을 빠져나가야겠다는 본능에 의해 여기저기를 더듬으며 무작정 걷기 시작했다. 사람 한 명이 겨우 걸을 수 있을 이 좁은 공간에 숨이 막혀 올 쯤, "으악! 아야야……." 어디론가 나는 떨어졌다. 정신을 차렸을 땐, 차가운 바닥에 쓰러져 그렇게 한참이 지난 듯했다.

이곳은 철로 이루어진 좁은 통로였다. 내 온몸의 신경은 따뜻함이라곤 느낄 수 없었다. 어쩌다가 내가 여기까지 오게 되었고 또 왜 이 차가운 곳에 던져진 걸까? 다시 무작정 걸었다.

그렇게 한참을 걸었을까. 점점 내 눈도 어둠 속에 익숙해진 듯 희미하게 주위가 보이기 시작했다. 그때 바로 내 오른편에 어떤 스위치 같은 것이 만져졌다. 이 스위치가 더 이상한 곳으로 나를 빠뜨리지는 않을까 하는 두려움과 이곳을 빠져나가고픈 간절함이 교차하는 순간 내 손은 이미…….

달칵하는 소리에 찌릿한 전율을 느꼈다. 어둠에 익숙해져 있던 내 눈은 번쩍하는 불빛에 눈을 찌푸리며 손을 이마에 가져가지 않으면 앞을 똑바로 쳐다 볼 수 없는 지경에 이르렀다. 몇 번씩 눈을 비비고서야 서서히 보이는 내가 서 있는 이곳. 어둠이 아닌 빛에 대한 막연한 희망. 불빛 사이로 저 멀리 커다란 문이 보였다.

그 문까지의 길은 모두 계단으로 이뤄져 있었다. 나는 왠지 모를 좋은 예감에 재빨리 계단을 뛰어올라갔다. 그렇게 3분쯤 내달렸을까. 밑에서 보았을 땐 그리 길어 보이지 않던 계단이 의아하여 아래를 내려다보았다. 나는 온 몸에 소름이 돋았다. 내가 올라오던 계단은 온데간데없고 낭떠러지만이 나를 마주하고 있었다. 주저앉을 듯 내 두 다리는 후들거렸지만 나는 어금니를 꽉 깨물고 문 쪽을 향하여 다시 온힘을 다해 내달렸다. 숨이 턱 끝까지 차올랐다. 나는 곧 문 앞에 도달할 수 있었다. 그곳에는 내가 예상했던 것보다 훨씬 큰 철문이 굳게 닫혀 있었다. 급한 마음에서인지 나의 손은 얼른 문을 향해 뻗고 있었다. 손끝에서 느껴지는 기분 나쁜 차가운 느낌을 외면하고 힘껏 문을 밀었다. 차가운 느낌은 잠시, 금방 더운 기운이 확 몰려왔다.

"여, 여긴……?" 이곳은 사막이었다.

메르스 바이러스로 한동안 우리나라를 혼란에 빠트린 낙타가 있는 사막. 나는 막막했지만 다시 저 차갑고 좁은 곳으로 돌아가고 싶지는 않았다.

아니, 뜬금없이 웬 사막이지? 끝이 보이지 않는 사막의 모습을 한눈에 보기라도 하려는 듯 나는 눈썹 위에 손바닥을 올리며 먼 곳을 향해 바라보았다. 저, 저건? 책에서 보았던 그 유명한 피라미드! 낯선 곳이 두렵기는 했지만 나는 흥미로웠다. 언젠가 책에서 보며 불가사의한 피라미드가 궁금했고 직접 보고 싶다는 생각을 한 적이 있었기 때문이다.

주위는 삭막했다. 군데군데 선인장만 보일 뿐이다. 간간이 낙타라도 지나가진 않을까 하는 기대를 하며 나는 천천히 걸어갔다. 오아시스와 낙타를 만날 수 있겠지 하는 좋은 상상을 하며 타 죽을 것만 같은 사막을 무작정 걷고 또 걸었다.

하지만 이렇게 무작정 걸어가선 피라미드도 제대로 못 보고 이곳에서 타 죽을 것만 같았다.

이마에 땀이 비가 오듯 흘렀다. 나는 옷을 잡아당겨 땀방울을 닦아내었다. 슬슬 탈수 증세가 시작되는 것 같았다. 머리가 어질어질했다. 한 발자국 내디딜 때마다 비틀거렸다. 누군가 지금 내 모습을 보고 있다면 마치 트위스트 춤을 추는 것처럼 형편없을 것이다. 곧, 나는 뜨거운 모래 위로 쓰러졌다.

"저기요, 저기요! 정신 좀 차려보시오!"

"……."

"이 물을 빨리 드시오, 어서요!"

꿀꺽꿀꺽 정신없이 물이 내 목을 타고 몸 속으로 들어갔다.

"정신이 드시오? 아, 다행이오. 이 뜨거운 곳에 웬 사람이 쓰러져 있어서 얼마나 놀랐는지 아시오?"

"아……. 감, 감사합니다. 당신은 제 생명의 은인…… 혹시 성함이?"

"아! 내 정신 좀 봐. 저는 그리스의 소도시인 밀레토스 사람이오. 이름은 탈레스에요. 그 쪽은……?"

"저는 서준, 박서준입니…… 네? 잠시만요. 저……. 죄송하지만 다시 한 번 성함이?"

"탈레스요! 도레미 할 때 '레' 라오."

놀라서 아까 마셨던 물이 입 밖으로 나올 뻔 했다. 아니, 뭐라고? 탈레스? 수학시간에만 들어봤던 탈레스? 나는 믿을 수 없었다. 100톤짜리 망치가 내 머리를 내리친 듯했다. 나는 21세기 사람인데 탈레스가 왜 여기 있냐고! 동명이인이라고 생각해도 영 옷차림이 21세기가 아닌 것은 분명했다. 그와 함께 한 동료의 옷차림도 마찬가지였다. 탈레스라면 기원전 624년에서 기원전 545년의 사람이다. 내가 지금 이들에게 연도를 물어봤자 기원전이라는 개념이 없으니 못 알아들을 것이 분명할 터. 나는 설명할 방법을 못 찾아 답답했지만, 한 편으로는 앞으로 갈 곳도 없으니 이들과 동행할 수 있겠다는 생각에 안도했다.

"아! 탈레스요? 탈레스님! 혹시 지금 어디 가시는 길인지 알 수 있을까요?"

"나는 지금 피라미드에 가는 길이오. 저기서 피라미드를 바라보니 새파란 하늘에 우뚝 솟아 있는 거대한 피라미드가 얼마나 높은지 정말 궁금해서 참을 수가 있어야죠."

나는 평소에 수학이라면 오금이 저릴 정도로 싫어하는지라, 탈레스가 이해가 안 됐다. 하지만 나는 그와 동행하기로 결심했다. 책에서만 보던 피라미드와 그에 얽힌 비밀에 대한 궁금증을 참지 못하며······.

"탈레스님! 저도 같이 피라미드의 높이를 재도 될까요?"

"아이고, 좋죠, 좋죠! 같이 갑시다."

그는 물개처럼 박수까지 치며 좋아하는 기색을 보였다. 그렇게 이 괴이한 첫 번째 여행이 시작되었다. 내 의지와는 상관없이 시작되었고 여행이라고 하기에는 너무 이상하지만 점점 흥미로워지는 건 사실이었다.

마침내 피라미드에 도착했다. 쩍 벌어진 내 입은 쉽게 다물어질 생각을 하지 않았다. 과연 피라미드는 거대했다. 나는 역사 교과서 같은 책에서만 피라미드를 사진으로 접할 수 있었다. 직접 피라미드 앞에 서 보니 그 웅장함에 매료되었다. 내가 피라미드의 웅장함과 아름다움에 매료된 동안 탈레스는 손으로 턱을 괴고는, 뭔가 심각한 고민을 하고 있는 듯했다. 나는 살며시 그의 옆에 가서 탈레스가 그의 친구와 나누는 대화를 엿들었다.

"아니, 자네는 이 피라미드 높이를 도대체 무슨 수로 구하겠단 말이오? 가까이 오니 크기가 더 어마어마한데 말이야."

"생각 중이오. 방법이 있을 거요. 뭐든지 왜 그렇게 되는지 밝혀 보다보면 방법이······ 아! 그래! 이거요! 나 탈레스가 방법을 찾았다!"

탈레스는 하늘과 하이파이브를 할 정도로 높이 방방 뛰며 말했다. 나는 그 둘의 대화를 엿듣는데 역사의 현장에 온 기분을 느끼고 설렘을 주체할 수가 없었다. 수학에 관심이 하나도 없던 내가 먼저 적극적으로 수학자 탈레스에게 물었다.

"어? 정말요? 탈레스님! 그 방법이 뭔데요?"

"방법은 바로…… 그림자요, 그림자! 오랜 시간 이곳에서 지켜 본 결과, 태양이 점점 아래로 내려옴에 따라 내 그림자와 마찬가지로, 피라미드의 그림자도 모양과 길이가 바뀌고 있었다오. 이 두 개는 일정한 비율로 변화하는 것이 분명하오! 이걸 이용하면…… 공식이 하나 나온다네! 박서준이라고 그랬나? 자네는 알겠는가?"

나는 눈을 감고 곰곰이 생각해 보았다. 비율, 비, 비율, 비…… 아! 나는 초등학교 6학년 때 배운 비의 공식이 생각났다. 이를테면 $100:150=2:3$이다. 여기서 150과 2를 곱하고 100과 3을 곱한 값은 같다. 나는 내 자신이 놀라워서 자지러질 뻔했다. 그저 수학을 싫어하는 줄만 알았는데 내 기억 한 켠에서 비의 공식을 끄집어낼 수 있다니! 이걸 이용하면…… 비례식을 세우는 데 필요한 네 가지 값 중에 세 가지를 알고 있으니까 중학교 1학년 때 배운 미지수 x를 둬서 식을 세우면 되겠다는 생각까지 미쳤다.

"아! '막대기의 높이 : 막대기 그림자의 길이 = 피라미드의 높이 : 피라미드 그림자의 길이' 아닌가요?"

"와! 맞소! 혹시 그쪽도 수학자……?"

탈레스는 의외의 장소에서 같은 관심사를 가진 사람을 만났다는 기쁨의 표시로 내 손을 덥석 움켜쥐었다.

"하하, 아니요. 수학자는 아니고 그냥 수학을 조금 배웠어요."

나의 대답에 탈레스는 조금 실망한 기색을 보이며 손을 스르르 놓았다. 하지만 곧 다시 말을 이었다.

"에이, 겸손 떨 필요는 없다오. 그렇다면 이 문제를 풀어보지 않겠소? 막대기의 높이가 2큐빗이고, 막대기 그림자의 길이가 2.8큐빗이오. 피라미드 그림자의 길이가 460큐빗이라면 피라미드의 높이는 얼마겠소?"

"비례식을 세워보면 $2:2.8=x:460$이에요. 여기서 2.8과 x를 곱해준 값은 2와 460을 곱한 값과 같죠.
따라서 $2.8x=920$이에요. x는… $\frac{920}{2.8}=328.571428\cdots$. 소수 첫 번째 자리에서 반올림해 주면 329큐빗이에요!"

"허허허, 정답이네, 정답! 그렇다면 자네는 1단계를 통과했다오."

"1, 1단계요? 단계라뇨?"

"그런 게 있어. 자, 걱정 말고 저기 빛을 향해 뛰어 들어가시오! 빛에 들어가는 순간 눈을 떠서는 안 되네, 명심하고. 알겠는가?"

나는 당황했다. 느닷없이 문제를 내더니, 맞추니까 뭐? 1단계 통과? 그렇다면 단계별로 나뉘어져 있단 소리인가. 나는 도대체 몇 단계까지 가야지 이 기묘한 세계에서 나갈 수 있는지 의문을 품으며 환한 빛의 포털로 뛰어 들어갔다. 물론 눈을 꼭 감는 것도 잊지 않은 채. 어림잡아 30초 동안 이상한 소리들이 내 귀를 때렸다. 분명 사람들의 목소리였다. 그 소리는 세상의 모든 소리를 모아 놓은 것처럼 어지럽고 시끄러웠다. 심지어 테이프를 빨리 감기 한 것처럼 빨랐다. 나는 인상을 찌푸리곤 내 귀를 막았다. 소리가 잦아질 때쯤 정신을 차리고 서서히 눈을 떴다. 눈앞에 펼쳐진 광경은 말로 표현할 수 없을 만큼 아름다웠다. 검은색보다 더 검은 하늘에 수백, 아니 수천 개의 별들이 수놓아져 있었다. 21세기에서는 웬만해서는 볼 수 없는 경관이었다. 나는 그 아름다움에 흠뻑 취해 이곳이 어디인지도 모른 채, 한 동안 넋을 놓고 있었다.

하늘의 모습에만 취해, 뒤늦게 둘러 본 주변 환경은 더욱더 환상적이었다. 이곳은 숲이었다. 그냥 숲도 아닌, 반딧불이들이 춤을 추는 숲이었다. 코앞의 호수는 반딧불이들이 비춰져 몽환적인 분위기까지 자아냈다. 그때였다. 호수의 반대편에서 그냥 지나칠 수 없을 만큼 깊은 한숨이 들려왔다.

"하아……."

나는 내가 괜히 이곳에 떨어진 것은 아닐 거라고 스스로를 위로하며 그에게 다가갔다. 나는 경악을 금치 못했다. 그는 피타고라스였다. 혹시 내가 오해한 걸까 싶어서 눈을 깜빡이며 그의 얼굴을 반복해서 쳐다봤다. 교과서에서 사진으로 실린 얼굴을 보았기에 단번에 알아볼 수 있었다. 단언컨대, 피타고라스가 맞았다. 내가 피타고라스 정리로 인해 얼마나 머리가 아팠었는데. 다시 골이 울리는 기분이다. 나는 여전히 기원전에 있다.

"혹시…… 피타고라스 씨?"

"…… 네…… 맞아요. 제 이름을 어떻게 아시죠?"

나는 당황하지 않고 답했다.

"$a^2 \times b^2 = c^2$을 모르는 사람이 있나요? 이미 인근 마을에 다 퍼졌는 걸요. 직각삼각형에서 빗변의 길이의 제곱은 다른 두 변의 제곱의 합과 같다!"

"아……. 벌써 그렇게나 유명해졌나요?"

비록 거짓말이었지만 좋은 소식을 듣고도 피타고라스는 미지근한 반응을 보였다. 나의 터무니없는 촉에 따르면, 그에게는 무슨 일이 있는 것 같았다. 모르는 사람인 내가 말을 걸었지만 그는 커다란 바위에 기댄 채 미동이 없었다. 그저 입만 벙긋 거릴 뿐이다.

"네! 이렇게 만나게 돼서 영광이에요! 그런데 왜 이렇게 기운이 없으세요? 마을사람들의 존경을 한 몸에 받고 계신 분이……."

내 질문에 피타고라스는 티가 났냐는 듯 멋쩍게 웃으며 대답하기를 주저했다. 그러나 인내심을 가지고 기다리니 그는 조심스럽게 말문을 열었다.

"그게 실은… 피타고라스학파라고 들어보셨나요?"

말을 마치자마자, 피타고라스는 그의 애꿎은 손만 만지작거렸다. 나는 그렇다고 답하였다. 피타고라스는 다시 한 번 짧은 한숨을 내쉬었다.

"저는 피타고라스 정리 이후에도 수학적인 연구를 하루도 쉬지 않고 했어요. 그 결과, 정오각형의 작도법 등 많은 것을 발견하였죠. 후에는 피타고라스학파라고 종교처럼 어마어마하게 커진 학파가 생겨났어요. 저는 그 학파에서 활동하면서 무리수 $\sqrt{2}$ 를 발견했지요. 하지만 무리수라는 게……. 무한에 대한 개념 때문에 사회에 알려지면 큰 혼란만 가져다 줄 거라고 판단했죠. 그래서 학파 내에서는 우리끼리 비밀로 하기로 했는데 학파의 한 일원이 세상에 말해버린 거예요. 제가 지금 이 호수에 그 사람을 빠뜨려 죽였어요. 제 정신이 아니었어요. 그럴 의도는 아니었는데."

나는 수학시간에 피타고라스 정리를 배우던 중에 학교 선생님이 이 이야기를 해주신 것이 어렴풋이 생각났다.

'이 후에는 어떻게 되더라……?'

나는 피타고라스학파의 뒷이야기가 떠올라서 감히 피타고라스의 눈을 마주칠 수가 없었다. 왜냐하면 후에도 피타고라스학파는 정치적으로 피해를 끼칠 정도로 커져서 반대파가 생기고 그 과정에서 피타고라스는 죽게 되기 때문이다.

저 멀리서 무겁게 내려앉은 밤을 밝혀주는 빛이 보였다. 저건 분명히 포털이었다. 나는 차마 더 이상 피타고라스와 여유롭게 이야기를 나눌 수 없어 포털이 있는 곳으로 내달렸다. 이 포털이 제발 나를 21세기로 데려다주기를 바라면서…….

이번에는 이상한 소리들이 약 2분간 지속되었다. 그만큼 멀리 시간여행을 했음이 틀림없다. 이상한 소리들이 잦아들고 눈을 뜨려는 순간 천둥과 같은 목소리가 나를 놀라게 했다. 나는 가슴을 쓸어내렸다.

"아아– 잘 들리나? 서준 군, 웬 이상한 소리들이 잦아들면 눈을 떠도 좋다네. 한 가지 질문이 있다네. 아까 피타고라스에게선 왜 갑자기 도망을 친 거지? 그거 때문에 우리 시스템에 조그마한 차질이 생겼다네. 그러니까 벌로 – !"

그의 큰 목소리에 그 자리에 주저앉았다. 맥없이 다리에 힘이 풀려버렸다. 설마 저 굉장한 성량을 가진 사람이 과연 나를 죽이기야 할까. 정신이 없는 와중에도, 나는 그가 했던 말에서 이상한 점을 느꼈다. 시스템……?

"버, 벌요?"

"그래, 벌. 아아, 대수롭게 생각하지 않아도 돼. 그저 네가 피타고라스가 문제를 내면 맞히는 걸로 설정이 되어 있는데 도망쳐 버리는 바람에…… 자, 문제를 잘 들어라. 다음과 같은 삼각형 ABC의 넓이를 구하시오. 제한 시간은 5분이다. 지금부터 시작이다. 아 참, 맞추지 못한다면 너의 미래는 내가 어떻게 보장하지 못한다."

"자, 잠시만요! 아직 그림도 제대로 보지 못했단 말이에요!"

"그렇게 칭얼거리고 있을 시간이 없을 텐데?"

나는 그저 공식 대입만 하면 되는 줄 알았는데 생각보다 심화된 문제가 나와서 당황했다. 하지만 내 미래가 달려 있는데 그저 손 놓고 있을 수는 없었다. 나는 삼각형을 오른쪽으로, 왼쪽으로 돌려보기도 하였고, 뒤집어 보기도 하였다. 하지만 도무지 답이 보이지 않았다. 그렇게 2분이 무의미하게 흘렀다.

"아이고, 아이고! 답답하다, 답답해! 아니, 그걸 못 풀어? 연장선을 그으란 말이야, 연장선을!"

여태껏 조용하던 굉장한 성량을 가진 사람이 갑자기 소리쳤다. 그 목소리는 언제 들어도 내 심장이 벌렁거리게 만든다. 나는 애써 침착했다.

"연장선요……?"

갑자기 내 머리에 전구가 들어왔다.

"그래! 넓이를 구하려면 삼각형의 밑변과 높이를 알아야 해! 그럼 A에서 선분 BC에 수직으로 연장선을 내리면 높이가 생기는구나! 선분 BC에 내린 점을 D라고 하면 삼각형 ABD와 삼각형 ACD에서 AD는 공통이니까 이걸 이용해서 피타고라스의 정리를 쓰면 되겠다!"

"그래, 설명은 맞다만 그래서 답이 뭐라고?"

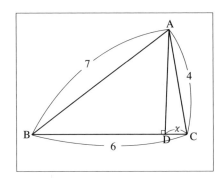

굉장한 성량을 가진 사람이 나를 재촉했다.

"잠시만요, 잠시만요! 선분 CD를 미지수로 두면 선분 BD는 $6-x$이니까, 식을 세우면……

$$16-x^2 = 49-(6-x)^2$$

$$16-x^2 = 49-36+12x-x^2$$

$$12x = 3$$

$$x = \frac{1}{4}$$

정답은 4분의 1이에요!"

"오, 다행히도 정답을 맞혔구나. 그럼 지금 당장 다음 장소로 가보렴. 우린 곧 다시 만나자꾸나."

눈 깜짝할 사이에 이상한 곳으로 떨어졌다. 여긴 또 어디야……. 그리고 나는 이 장소에서 확신했다. 이 여행을 조금은 마음을 놓고 즐겨도 되겠다고. 피타고라스가 있던 곳도 전경이 어마어마했는데 이곳은 더 했다. 마치 백설 공주와 일곱 난쟁이가 살던 숲 속처럼 환상적이었다. 어두운 밤이었던 그곳과는 달리 이곳은 화창한 아침이었다. 높은 나무들이 우거졌다. 새들이 나무에 앉아 노래하고 길에 활짝 펴 있는 꽃 한 송이, 한 송이마다 벌과 나비가 자리를 잡고 춤을 추고 있었다. 나무 사이로 내려 온 햇빛이 이룬 기둥은 어찌나 또 예쁘던지. 시냇물이 흐르는 소리는 마치 새들이 부르는 노래에 화음을 맞춰주는 것 같이 잘 어우러졌다. 하지만 나는 지금 휴식이 필요했다. 쉴 곳을 찾아서 당찬 걸음으로 앞으로 나아가려는데 발에 뭔가가 걸렸다. 버섯이었다. 이 오솔길을 따라 일정한 간격으로 버섯이 놓여 있었다. 이건 마치, 백설 공주가 아닌 헨젤과 그레텔의 과자 집으로 향하는 길 같았다. '그럼 이 길을 따라가면 버섯 집이 나오려나?' 하는 우스꽝스런 생각을 하며 버섯을 따라가니, 내 눈 앞에는 진짜 버섯 집이 있었다. 이 모든 일들이 어리둥절했지만 나는 익숙한 듯 두어 번 노크했다.

"계세요? 실례가 안 된다면 잠시 쉬었다 갈 수 있을까요?"

정적이었다. 어떠한 인기척도 느껴지지 않았다. 문을 살짝 건드리니 끼익- 하더니 문이 열렸다. 안쪽 방에 불이 켜져 있었다. 왠지 그곳에 사람이 있을 것 같아서 나는 다가갔다.

"저…… 잠깐…… 쉬었다 가도 될까요?"

"……."

이 집 주인의 아들로 추정되는 아이는 대답은커녕 침대에 누워 천장만 바라보며 개구리처럼 눈만 끔뻑일 뿐이었다.

"저기…… 잠깐 쉬었다 갈 수 있을까요? 하루 종일 걸었더니 다리가 너무 아파서……."

"……."

역시나 대답은 돌아오지 않았다. 나는 다른 집을 찾아봐야겠다며 나가려고 일어섰다.

"아 – ! 이거야 – !"

그때였다. 아무 말도 없던 그 아이는 갑자기 소리를 질렀다.

"이거야 – ! 파리가 이동함에 따라 x와 y가 바뀌는 걸 이용하면 돼! 이걸 좌표라고 하자! 그리고 당신! 집중하고 있는 거 안 보여요? 이곳은 제 집이 아니라 학교라고요, 학교! 저 방에서 수업하고 계신 선생님께 말씀 드리면 흔쾌히 쉬다가라고 하실 텐데 왜 자꾸 저한테 물으신 거예요? 하마터면 파리의 움직임을 놓칠 뻔 했네. 아니, 아니. 어쨌든, 전 해냈어요 – !"

'파리……?'

방정식인가, 함수인가. 함수였던 것 같다.

"혹시 성함이……?"

"저요? 데카르트라고 해요! 파리의 위치도 알고 좌표의 원리도 알고, 이건 일석이조예요!"

"데카르트? 저기, 데카르트 씨. 혹시 올해가 몇 년도인지 알려주실래요?"

"아이, 참. 귀찮게 구시네. 지금은 1610년이에요!"

1610년이면…… 17세기. 드디어 기원후로 오긴 했는데 왜 2015년이 아니라 1610년인 건지, 나는 좌절했다.

"데카르트 씨, 빨리 제게 문제를 내 주세요."

나는 빨리 이 미션들을 해결하는 게 급선무였다. 아까 천둥 같은 목소리를 가진 사람이 말한 것처럼 정말 이게 시스템이라면 각 단계마다 나를 위한 문제가 준비되어 있음이 분명했다.

"문제? 아니, 이제야 x축과 y축을 발견하였는데 무슨 문제…… 아! 저기 왼쪽 위 첫 번째 격자무늬 칸을 원점이라고 하면 원점에서 파리까지의 거리는 어떻게 구할까요? 아, 파리는 (5,−3)의 위치에 있어요."

"아니, 그야…… 자를 이용하면……."

나는 어이가 없다는 듯이 대답했다.

"그러면 제가 왜 문제를 냈겠어요! 자, 잘 들어봐요. 원점은 (0,0)이에요. 거리를 구하는 공식은 점 $A(x_1, y_1)$,점 $B(x_2, y_2)$라 할 때 두 점 사이의 거리를 피타고라스 정리를 이용해 구하면 $\overline{AB}^2 = |x_2 - x_1|^2 + |y_2 - y_1|^2$이에요. (0,0)과 (5,−3)을 대입하면…… $25 + 9 = 34$! 그래서 거리는 34예요."

가만히 데카르트가 하는 설명을 듣고 있다가 나는 한 가지 의문이 생겼다.

"데카르트 씨! 분명 저 공식은 선분 AB의 제곱이라고 했는데 거리가 어떻게 34일 수가 있죠?"

내 눈이 동그래졌다. 다른 사람이 본다면 멍청해 보이는 표정이었을 거다. 난 내가 질문하고도 내 자신이 신기했다. 내가 오답을 찾아내다니.

"앗, 제 실수에요, 실수! 보기보다 대단한데요? 제곱이니까 루트를 씌워줘야겠죠? 따라서, $\sqrt{34}$."

루트 34라는 데카르트의 말이 떨어지기가 무섭게 그의 옆에는 어김없이 하얀 불빛의 포털이 나타났다. 나는 놓칠 새라 데카르트에게 인사도 못하고 뛰어들었다. 뒤늦게서야 생각난 건데, 일생에 한번 밖에 없을 만남에 내가 너무 성급하게 행동한 건 아닌가 후회가 되었다. 인사라도 제대로 할 걸 그랬다.

벌써 세 번째 듣는 여러 사람들의 목소리가 섞인 소음이다. 차츰 이 소리에도 익숙해지는 내가 신기했다. 처음에는 여러 사람의 절규, 울음, 기쁨 등이 한데 어우러진 이 소음이 소름끼치도록 싫었다. 하지만 지금은 뭐, 견딜 만하다. 그래도 여전히 귀를 막은 손은 쉽게 떨어뜨리지 못하겠다.

이번에는 이 소음이 10초밖에 지속되지 않았다. 눈 깜빡할 새에 끝이 났다. 내가 떨어질 곳은 또 어떤 곳일까? 분위기는 비슷했다. 아마 비슷한 시대인 것 같다. 나는 주위를 둘러보았다. 집들이 옹기종기 모여 있다. 현대에 비유하자면, 주택단지? 그 많은 집들 사이에 내 시선을 이끈 한 집이 있다. 빨간 지붕과 직사각형의 창문을 가진 집. 사실 다른 여느 집들과 다른 점은 없다. 내 눈길을 끈 것은, 그 집 앞 조그마한 식탁에 혼자 앉아 닭 요리를 먹는 사람이었다. 손으로 닭다리를 쥐고 먹고 있었다. 보는 사람도 군침 돌게 만드는 모습이었다. 나는 그에게 조심스럽게 다가갔다.

"저기요!"

"아이고, 깜짝이야! 닭 뼈를 먹을 뻔 했네!"

"왜 혼자 닭 요리를 드시고 계세요?"

"아니, 혼자 먹으면 안 된다는 법이라도 있소? 뭐, 흠. 원래는 내 친구 뉴턴과 같이 먹기로 했는데 이 녀석이 오지를 않소. 또 어디서 수학이니, 과학이니 하고 있겠지."

"뉴, 뉴턴이요? 그렇다면 아저씨는 성함이⋯⋯?"

"아, 내 소개가 늦었군. 나는 뉴턴의 친구 스틱켈리 박사라고 하오."

스틱켈리 박사는 인자하게 웃어 보이며 내게 악수를 청했다. 나는 그 손을 덥석 붙잡았다. 후대에 유명인사들인데 어디 손을 한 번 잡아보기가 쉬운가. 평생 잡지 못할 손이다. 나도 이 여행에 적응을 한 것 같다. 이런 생각까지 하다니.

"허허, 이렇게 손을 꽉 쥐고 악수하는 청년은 자네가 처음이네. 그런데 어쩐 일인가?"

"저기 멀리서 지켜보는데 혼자 닭 요리를 드시기에 말동무라도 되어드릴까 하고 왔어요."

"착한 청년이군. 말동무면 내 말 벗이 되어보게, 어서."

스틱켈리 박사는 인자한 웃음에 걸맞게 성격도 온유했다.

"저, 뉴턴이 친구이면 그를 잘 아시겠네요? 그분은 어떤 사람인가요?"

"이 닭 요리부터 다 먹고 이야기하지."

나는 사실 뉴턴이 가장 궁금했다. 만유인력을 발견한 뉴턴이라니! 남녀노소 누구나 아는 사람!

"뉴턴, 그 친구는 말이야, 한 번 생각에 빠지면 생각이 꼬리에 꼬리를 물어서 다른 일에는 아무 관심이 없어. 그게 그의 큰 장점이라고 난 생각하네. 또, 그러한 집중력이 그가 만유인력을 발견하는 데 큰 원동력이라고 생각한다네. 자네라면 어떻게 했을 겐가? 나라면 사과를 보고도 그냥 지나쳤을 테야. 하지만 뉴턴, 그는 달랐지. 그 현상을 집중적으로 파고들어 과학적으로 분석했⋯⋯."

그때였다. 뉴턴이 헐레벌떡 마당으로 들어왔다. 그리곤 이미 스틱켈리 박사가 다 먹어치운 닭 요리를 보곤 안쓰러운 표정이 되었다.

"아이고, 친구! 늦어서 미안하네. 아 참, 우리가 이미 저녁을 먹었군."

나는 뉴턴의 발언에 충격에 빠졌다. 뉴턴은 이제야 들어왔고 스틱켈리 박사와 저녁을 먹은 적이 없다. 저 닭 요리는 스틱켈리 박사가 혼자 다 먹어 치운 것이었다. 나는 뉴턴이 어디가 좋지 않은 건 아닌가 생각했다. 하지만 스틱켈리 박사는 익숙한 듯 '허허허' 웃으며 나에게 귀띔해 줬다.

"봤지? 뉴턴은 하나에 빠지면 정말 모든 걸 제쳐둔다니까. 저건 건망증이 아니라 딴 일에 집중을 하다 보니 저녁을 먹은 걸로 착각하는 거지."

그렇게 말을 하며 스틱켈리 박사는 내게 눈을 찡긋해 보였다. 나는 셋이서 하하, 호호 이야기 할 수 있을 줄 알았는데 그것도 잠시, 뉴턴은 어디론가 또 헐레벌떡 뛰어갔다. 정말 바쁜 사람이다. 나는 그를 놓칠 새라 뒤따라갔다. 하지만 어찌나 빠르던지 나는 그를 놓쳤다. 내가 탄식을 하고 있을 때 숲 속에서 큰 고함소리를 들었다. 그 소리가 얼마나 컸던지 나무 위에 앉아 노래하던 새들이 일제히 푸드덕, 푸드덕 하늘 저편으로 날아갔다.

"내가 먼저야!!!!!!! 내가 먼저라고!!!!"

"아니야!!!!!!!!! 내가 먼저야!!!! 증거 있어? 있냐고!!!!!"

나는 곧장 소리가 나는 곳으로 달려갔다. 나의 직감으로 저 둘은 싸우고 있는 것이 분명했다. 아니, 나의 직감뿐만 아니라 모두들 그렇게 생각 할 것이 분명했다. 나는 내 의지와 다르게 그들을 말리러 갔다. 나는 놀랐다. 싸우는 사람 중 한 명은 내가 아까 놓쳤던 뉴턴이었다.

"무슨 일이세요! 이렇게 큰 소란을 피우는 이유가 뭐예요!"

"그래, 마침 잘 왔네! 나는 라이프니츠라고 하네. 글쎄 말이야, 내가 미적분 기호도 만들고 기하학 연구를 하다가 미적분을 먼저 발견했는데 이 친구가 자기가 먼저 발견했다고 자꾸 우기지 뭐야! 자네는 어떻게 생각하나?"

라이프니츠는 자신의 생각을 내게 말했다. 그러나 뉴턴이 가만있을 리 만무했다.

"어, 당신! 아까 내 집에서 스틱켈리 박사와 이야기 나누고 있던 사람 맞지? 나랑 안면이 있는 사이이니 내 말을 믿게! 자, 일단 들어봐. 저 친구가 책도 많이 읽고 공부도 많이 하고 변호사 일까지 했다지만 미적분을 발견한 건 내가 먼저라네! 자네라도 믿어주게."

나는 누구의 편도 들 수가 없었다. 아니, 내가 어떻게 알아! 사실 이들의 이야기는 예전에 책에서 읽었는데, 아쉽게도 21세기에서도 이 싸움의 끝을 알 수 없다. 그 이유는 저렇게 누가 먼저 발견했는지에 대해서 싸우다가 라이프니츠가 죽어서 싸움이 끝이 나고 결론이 나지 않았기 때문이다. 아무 도움이 되지 못해 미안했다. 아니, 잠시만. 내가 왜 미안함을 느끼는 거지? 나는 어느새 이 시스템에 동화되어 가고 있는 내 모습을 보았다. 나는 이제 슬슬 포털이 나타날 때가 되었는데 하고 생각했다. 하지만 내 예상은 빗나갔고 포털은 나타나지 않았다. 나는 이들이 포털의 열쇠를 쥐고 있다고 확신했다.

"저…… 두 분이서 싸움은 천천히 하시고 혹시 이 세계에서 나가는 법을…….'

미친놈처럼 들릴지도 모르겠지만 나는 '이 세계'를 강조하며 말했다. 하지만 역시나, 라이프니츠와 뉴턴은 이상하다는 눈빛으로 나를 쳐다봤다. 오히려 이 세계 말고 다른 세계도 존재하느냐는 듯한 흥미로운 눈빛으로 내게 되물어볼 뿐이었다. 나는 저런 반응이 나올 줄 예상은 했지만 현실로 다가오니 초조해졌다. 발을 동동 굴리고 있을 때였다. 자그마한 포털이 보였다. 그럼 그렇지, 포털이 안 나타날 리가 없지! 나는 기쁜 발걸음으로 포털 속으로 들어갔다. 반드시 눈을 감은 채로.

다섯 번째로 도착한 곳은 학교였다. 나는 익숙한 풍경의 학교를 본 순간 가족들과 친구들, 그리고 소중한 사람들을 떠올리며 현실로 영원히 돌아가지 못하면 어쩌나 하는 생각에 울컥했다. 울컥한 마음을 뒤로 한 채, 나는 교실의 맨 뒷자리에 슬며시 앉았다. 선생님은 나를 대수롭지 않게 생각하시는 듯 의식하지 않으셨고 나는 이번 여행의 주인공은 누구일까 궁금해지기 시작했다.

1교시 수학시간, 선생님은 종이 치자마자 아이들에게 문제를 내셨다.

"애들아, 1에서 100까지의 숫자를 모두 합하면 얼마가 될까요?"

선생님은 문제를 내곤 자기 할 일을 하셨다. 겨우 초등학교 3학년처럼 보이는 꼬마들이 연습장을 꺼내서 끙끙 거리며 저 문제를 풀려고 노력하고 있었다. 분위기에 휩쓸려, 나도 같이 문제를 풀고 있었다. 어떠한 아이도 쉽게 풀지 못하였다. 누구는 손가락으로 일부터 백까지 더하고 있었다. 물론 10정도까지 더해보고는 포기했다. 조금 끈기가 있는 아이는 일부터 백까지 하나하나 연습장에 적고 있었다. 그때였다. 한 아이가 손을 번쩍 들었다.

"선생님, 다 했어요."

선생님은 놀란 기색이 역력한 표정으로 중얼거리셨다. 그러곤 그 아이의 연습장을 보셨다.

"나는 적어도 1시간은 걸릴 줄 알고 낸 문제인데……. 잠깐. 너 이런 문제가 나올 줄 알고 집에서 미리 계산해 왔지? 어……? 연습장에 계산한 흔적이라고는 없잖아?"

흥미로운 장면에 나는 계산하던 것을 멈추고 그 아이와 선생님의 대화에 귀를 기울였다.

"아닌데요, 선생님. 방금 계산했어요."

그 아이는 당당했다.

"가우스야, 어떻게 그렇게 빨리 계산 할 수 있었니? 선생님도 그렇게 빨리는 못하는데."

가우스. 그 총명한 아이는 가우스였던 것이다. 그럼 그렇지, 유난히 튀는 이유가 있었다. 그 아이는 선생님께 자기가 한 계산법을 설명했다.

"첫 숫자 1과 끝 숫자 100을 더하면 101이 되고, 두 번째 숫자 2와 끝에서 두 번째 숫자 99를 더해도 101이 돼요, 선생님. 3과 98도 101, 4와 97도 101. 합하여 101은 모두 50번이 나와요. 그러면 101 × 50은 5050이 돼요!"

나는 일어나서 기립박수를 칠 뻔했다. 초등학교 3학년 아이의 머리에서 나온 계산법이라고는 믿을 수 없었다. 그러니까 미래에서 가우스, 가우스 하나보다. 선생님 역시 할 말을 잃은 듯 보였다. 그렇게 시간이 흘렀다. 2교시, 3교시……

다섯 번째쯤 여행을 오니까 괜한 생각이 내 머리를 찔렀다. 여기는 과거고, 미래의 기술들을 이 아이들에게 말하면 어떻게 될까? 이 시대에 그 기술이 발명되면 내가 있는 21세기는 더 발전할까? 나는 괜한 호기심에 옆에 앉아서 연습장에 1부터 100까지 열심히 적던 아이에게 21세기의 이야기를 조금 들려주었다. 그 아이는 충격 받은 듯했다. 물론 내 말은 믿지 않는 듯했다. 그때였다. 익숙한 목소리가 들렸다. 천둥 같은 목소리였다. 굉장한 성량을 가진 분이다. 단단히 화가 난 듯했다.

"박서준 – ! 미래의 일을 과거에 발설해 버리면 어떡하나 – ! 자네, 이번 일은 봐줄 수 없다네 – ! 당장 사지가 찢어지고 머리는 터져버리고 너는 흔적도 없이 사라질……"

그 순간이었다. 정말로 내 머리는 뭔가에 맞은 듯 정신이 번쩍 들었다. 그것은 선생님의 시속 70km의 분필이었다.

"박서준 – ! 내 수업시간에 자지 말랬지! 지금 가장 중요한 원의 방정식을 할 거야." 나는 지루하고 싫기만 했던 수학시간에 멍을 때리다 깜빡 잠이 들었던 것이다. 그럼 이 모든 게 꿈……? 그렇게 수학시간을 마치는 종이 울렸고 나는 생생한 꿈에서 잠시 동안 헤어나지 못했다.

학교를 마치고 집으로 돌아오는 길에도 그 생각은 여전히 생생하게 내 머릿속을 가득 채우고 있었다. 그 후 그 꿈은 끔찍이도 수학을 싫어하던, 일명 수학 포기자인 나에게 큰 변화를 가져다 주었다. 수학자들에게 존경하는 마음을 아끼지 않았고, 수학에 누구보다 흥미를 가지게 되었다. 가끔은 누구도 상상하지 못하는 일들이 나에게도 일어날 수 있구나 하는 생각에 나는 내가 싫어하는 다른 과목 시간에도 이런 괴이한 꿈을 꾸는 상상을 하며 피식 웃곤 한다.

선화가 선물한 빛 같은 존재!

- 수학 속으로~

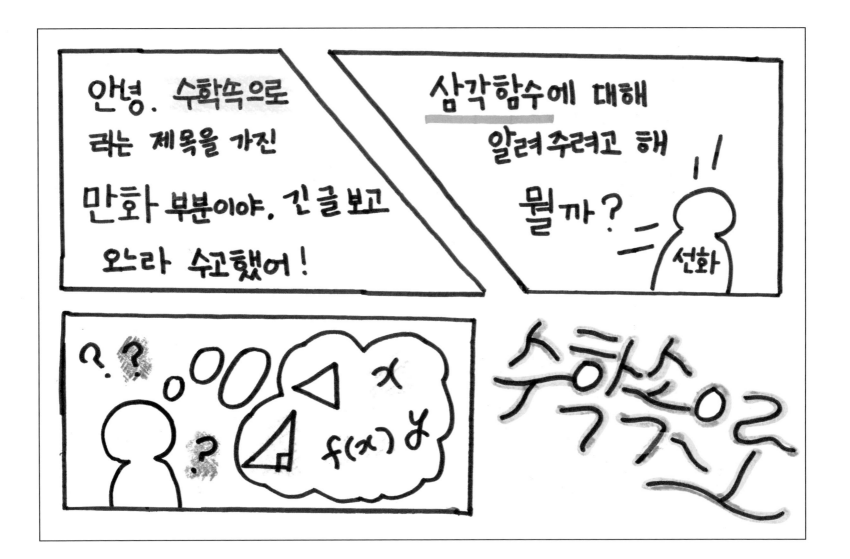

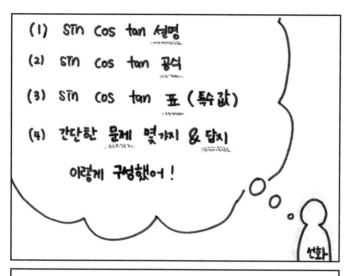

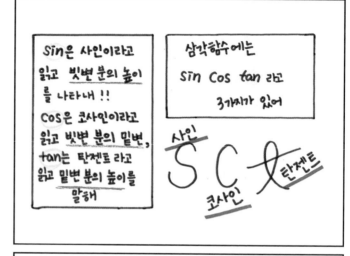

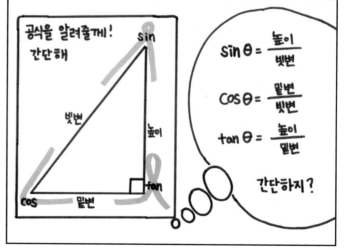

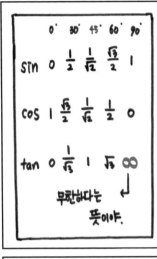

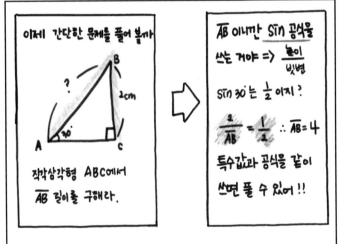
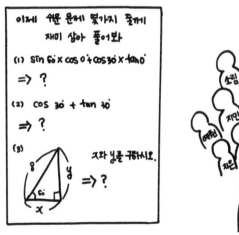
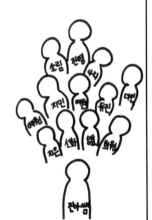

많이 부족했지만 공식&표는 외워두는 것이
나을 꺼야. 도움이 됐는지는 모르겠지만
봐줘서 고마워!!
남아 있는 소설들도
재밌게 봐줘
친구들
답(1) $\frac{\sqrt{3}}{2}$
(2) $\frac{5\sqrt{3}}{6}$
(3) $x=4$
$y=4\sqrt{3}$

모든 문제는 승효에게 맡겨라!
- 꿈을 향한 마지막 단계

나의 학창시절부터 장래희망은 범인을 잡는 경찰이었다. 그래서 난 경찰의 꿈을 이루기 위해 많은 노력들을 해왔다. 공부는 물론 열심히 운동까지 병행하여 내가 가고 싶었던 대학을 졸업 후 경찰공무원 시험을 합격해 이제는 경찰서에 발령이 되기만을 기다리던 상황이었다. 그런데 어느 날 경찰청 홈페이지에 이런 글이 올라왔다.

《20＊＊년도 경찰공무원 시험 합격자들 대상 캠프》

20＊＊년도 경찰공무원 시험에 최종합격하신 여러분들을 축하드리며 한 가지 공지사항을 알려드리기 위해 글을 올리게 되었습니다. 여러분들은 발령을 받기 전 마지막 단계로 〈경찰실전캠프〉를 참여해야 하며 위 캠프를 무사히 수료해야 그때 여러분들은 자신의 발령지를 알 수 있게 됩니다. 캠프 참가일은 20＊＊년 ＊월 ＊일이며 준비물은 없습니다. 이외의 자세한 사항은 캠프 당일에 직접 알려드리도록 하겠습니다.

나는 순간 뒤통수를 세게 맞은 기분이 들었다. 내가 원하던 꿈을 이루려고 힘들게 대학을 들어오고 졸업을 하고 공무원 시험을 쳐서 최종합격까지 했는데 이 캠프를 통과해야만 정식 발령을 받을 수 있다는 게 나에게는 너무 당혹스러웠다. 난 이 상황을 받아들이기는 힘들었지만 마음을 바로잡고 캠프장으로 떠났다. 캠프 장소에 도착한 나를 포함한 여러 명의 참가자들은 강당에서 기다리고 있었다.

얼마 지나지 않아 이 캠프의 진행자가 규칙을 말해 주었다.

"여러분들은 경찰실전캠프에 참여하게 되었습니다. 이 캠프는 나날이 늘어가는 범죄들의 유형을 파악하여 얼마나 신속하고 정확하게 문제를 해결할 수 있는지를 테스트하는 경찰공무원 시험의 마지막 단계입니다. 이 캠프의 프로그램은 총 3단계로 구성되어 있고, 팀원은 3명으로, 5조씩 나뉘어 같은 문제를 받고 문제를 해결한 뒤 각 단계를 통과하는 순서에 따라 점수를 부여하게 됩니다. 그렇게 3단계를 수행한 뒤 꼴찌한 팀만 탈락 나머지는 진짜로 최종합격을 하게 됩니다. 이 캠프는 정식경찰로 채용되었을 때 맞닥뜨릴 사건을 미리 경험하는 것입니다. 열심히 노력하셔서 좋은 결과를 이끌어내시기 바랍니다!"

우리는 첫 사건이 무엇인지 궁금해 하지도 못한 채로 첫 단계에 들어갔다. 강당의 큰 화면에서 첫 번째 사건에 대한 정보가 나타나 있었다.

《절도사건》

이 사건은 학남 회사의 금고 안에 있던 100만 원짜리 수표 5장이 봉투째로 없어진 사건이다.
사건 당일 회사에 있었던 사람은 윤보라, 김효정, 강지현, 김다솜 씨. 그리고 사장이 잠깐 들어왔다 나간 것뿐이었다.

첫 번째 문제부터 쉽지 않아 보였다. 절도사건이라니 마음을 안정시키고 화면에 나타난 사건의 경위를 읽어 보았다. 학남 회사의 금고에 있던 수표가 없어졌다는 사건이었다. 우리는 바로 사건이 발생한 회사로 출동하여 직원들의 말을 직접 들어보기로 하였다.

"제가 며칠 전 회사 직원에게 수표를 금고 안에 넣어두라고 시킨 것을 다시 찾으러 회사에 잠시 들렀던 것인데 가보니까 수표가 사라져 있더군요. 봉투째로 말입니다. 아니 금고 안에 넣어두었던 수표가 어떻게 없어집니까?"

사장이 화가 난 채로 말했다. 그래서 우리는 사건 당일 현장에 남아 있었던 강지현, 김효정, 김다솜, 윤보라 씨의 진술을 들어보기로 하였다. 먼저 강지현 씨가 말했다.

"저는 사장님 부탁으로 그 수표를 제 책상 2번째 서랍에 넣어놓았다가 김효정 씨가 오시 길래 바로 봉투에 넣어서 드렸어요. 저는 잘못이 없습니다."

김효정 씨가 말했다.

"저는 그 봉투를 받아서 책 위에 얹어놓았다가 김다솜 씨에게 드렸어요. 전 결백합니다."

김다솜 씨가 억울한 듯 말했다.

"저는 아무 잘못이 없어요. 저는 그 수표를 받아서 까먹지 않게 바로 윤보라 씨에게 금고에 넣으라고 시켰을 뿐입니다."

윤보라 씨는 열심히 진술을 하였다.

"전 그때 바쁘게 업무를 하던 중이라 잠깐 뒤에 금고에 넣으려고 책 사이에 끼워뒀어요. 잊어버리지 않게 37쪽과 38쪽 사이에 끼웠다는 것도 포스트잇에 적어두었는 걸요."

용의자로 의심되는 직원의 진술을 듣고 우리 조 3명은 각자 자신들의 생각을 내놓았다.

먼저 김철수 씨가 말했다.

"일단 강지현 씨는 잘못이 없어 보이는 것 같은데요. 김효정 씨에게 부탁만 했으니까."

우리 둘은 김철수 씨의 말을 듣고 인정하는 듯 고개를 끄덕였고 나는 곧바로 말했다.

"난 김효정 씨가 이상한 것 같은데 책 위에 얹어놓은 봉투가 여러 개 있잖아?"

그때 박영희 씨가 말했다.

"잠깐만요! 제 생각엔 윤보라 씨가 범인인 거 같습니다. 철수 씨, 승효 씨, 생각해 보세요. 책들의 홀수 페이지는 오른쪽입니다. 그러면 짝수 페이지는 당연히 왼쪽이겠죠? 근데 윤보라 씨는 수표를 37, 38페이지 사이에 끼웠다고 했는데 37, 38페이지 사이는 없어요!!! 같은 장이라고요."

우리 조는 박영희 씨의 말을 듣고 바로 그 회사의 사장님께 가서 윤보라 씨가 범인이라고 말씀드리고 윤보라 씨가 대출금을 갚기 위해 그 돈을 훔쳤다는 사실도 알려드렸다. 그리고 나서 우리는 1단계의 결과를 확인했다. 늦지 않은 시간 안에 풀었으니 당연히 1등이라 생각했는데 웬일인지 2등을 했고, 우리는 15점을 얻었다. 1단계를 마치고나서 우리는 쉴 틈도 없이 다시 강당으로 모여 두 번째 사건을 화면으로 확인하였다. 1단계에서 2등을 한 게 한편으로 아쉬웠던지 김철수 씨, 박영희 씨는 무척 긴장한 눈빛으로 화면을 바라보았다.

《살인사건》

사건은 한 아파트 단지에서 발생했다. 피해자는 26세 김민재 씨로 현재 무직이다.

김민재 씨의 몸 옆에는 [모÷2]라는 정체모를 글씨가 써져 있었다. 평소 김민재 씨와 관련된 네 명의 인물을 용의자로 간추렸고 그 네 명은 이렇다.

* 안현지(24세) : 피해자의 옛 여자친구, 피해자에게 차였다.
* 윤현수(52세) : 이웃에 사는 아저씨, 피해자의 술친구이다.
* 백민우(28세) : 피해자의 아랫집, 층간소음 때문에 피해자와 자주 다퉜다.
* 서유정(54세) : 윤현수의 아내, 무엇을 하러 나가는지는 몰라도 외출이 잦다.

두 번째 사건 역시 감이 안 잡히는 힌트가 우리에게 주어졌다. 처음에 우리는 [모÷2]라는 단서와 이 용의자들의 연관성을 생각해 보았다. 도통 힌트를 봐도 떠오르지를 않고 막막했다. 우리 조 모두는 한참동안 아무 말도 못하고 생각만 했다.

그때 우리 조원 박영희 씨가 말했다.

"요즘 층간소음이 큰 문제잖아요. 일단 용의자들의 프로필을 보면 백민우 씨가 범인인 것 같기도 해요. 근데 중요한 건 [모÷2]라는 이 단서와 관련을 지어야 하는데? 이걸 어떻게 해야 하죠??"

김철수 씨가 말했다.

"그러게요. 백민우 씬가? 그런데 [모÷2] 이 단서가 관건인 것 같아요. 이게 범인이 백민우 씨인지 아니면 다른 사람인지를 판가름 할 수 있는 결정적인 단서가 될 것 같은데. 아님 진짜 모 나누기 2를 해야 하는 건가?"

그때 나는 문득 나누기를 활용하여 모를 반으로 나누면 어떻게 될까라는 것을 생각해 보았고 그 답이 52라는 것을 생각해내었다.

"철수 씨, 영희 씨, '모'라는 글자를 반으로 자르면 전자 글씨의 **5**와 **2**가 되잖아요. 그래서 52인 것 같은데요. 그런데 52와 관련되어 있는 사람은 윤현수 씨밖에 없는데요. 그러니까 윤현수 씨가 범인인 것 같습니다."

약간의 침묵이 이어진 뒤 김철수 씨가 곧바로 결과를 확인했다. 진행자께서 간발의 차이로 1등을 했다는 사실을 알려 주시자마자 우리 조 3명은 기쁜 마음을 감출 수가 없었다. 우린 너무나 기뻤고 이 기쁜 마음을 안고 다시 화면이 있는 강당으로 향했다. 이번엔 무슨 사건일까 궁금하기도 하였고 우리 세 명은 열의에 불타오르는 상태였다. 강당에 도착했고 우리는 화면을 보았다.

《연쇄살인 사건》

①	415	728	820	1003	1118
②	15	0	13	20	20
③	430	807	902	1023	?
④	04383	17023	42936	41938	41420

이 표를 읽고 난 뒤 진행자께서 세 번째 사건에 대해 설명을 해주셨다.

"이 표는 한 연쇄살인 사건의 용의자가 경찰청 게시판에 올려놓은 표입니다. 이 용의자는 익명의 아이디로 자신이 직접 연쇄살인 사건의 용의자라고만 밝혔습니다. 작성자의 아이디가 익명이고 또한 이 표에는 알 수 없는 숫자들만 덩그러니 놓여 있어 해독하는데 매우 까다로울 것입니다. 여러분들은 용의자가 경찰청에 이 글을 게시한 목적이 무엇인지를 예측하고 범인을 잡도록 하십시오."

우리는 처음 보는 숫자들에 당황하였고 아까 기뻤던 마음과 불타오르던 의지는 조금씩 수그러 들어갔다. 또한 스케일이 커진 살인 사건 때문에 우리는 서로를 바라보며 눈치를 보기 바빴고 나는 이럴 시간이 없어 말했다.

"철수 씨, 영희 씨, 우리 이럴 시간이 없어요. 빨리 풀어야 해요!! 이제 이것만 열심히 하면 우리는 발령 받을 수 있어요.!!!!"

내가 발령 얘기를 꺼내자마자 두 사람은 다시 힘을 내어 문제의 의미를 해석하려고 노력했다.

박영희 씨가 말했다.

"①번 줄과 ③번 줄은 숫자가 커진다는 규칙은 있는데 ②,④번 줄은 뒤죽박죽인데요……. 도무지 규칙을 못 찾겠네요."

김철수 씨가 풀이 죽은 목소리로 말했다.

"그러게 말입니다. ②번 줄은 두 자리 숫자가 나열돼 있고 그 다음은 모르겠네요……."

"이게 꼭 규칙이 아닐 수도 있지 않을까요?"내 말에 김철수 씨와 박영희 씨는 다시 두 눈을 동그랗게 뜨고 바라보았다. 나 또한 같이 찾아보았다.

그 순간 41420이 뭔가 내 눈에 걸렸다.

"뭔가 있는 것 같은데??."

그러자 김철수 씨가 말했다.

"손승효 씨 뭐가 있는 거죠? 제가 보기엔 아무것도 없는데……?"

내가 말했다.

"41420이 마음에 걸려요. 어디서 많이 본 듯한 숫자인데……?"

그 순간 내 머리에 내가 다녔던 학남 고등학교의 우편번호가 41420이라는 사실이 스쳐지나갔다.

난 너무 기뻐 말했다.

"영희 씨! 철수 씨! 41420, 이거요!! 제 고등학교 우편번호에요! 교문에 보면 41420이라는 숫자가 3년 내내 붙어 있었거든요!!!"

박영희 씨가 말했다.

"그럼 ④번 줄의 다섯 자리 숫자들은 전부 우편번호일 수도 있다는 거네요?"

김철수 씨가 다시 목에 힘을 주고 큰 소리로 말했다.

"그럼 우리 나머지 4개 숫자들 찾아 봐야 할 것 같은데요?"

우리는 얼른 휴대폰으로 우편번호를 검색했다.

김철수 씨가 말했다.

"04383은 국립중앙박물관… 17023은… 에버랜드고, 42936은… 대구의 허브힐즈네요. 41938 이거는… 대구백화점 동성로점이고 마지막은 학남 고등학교라 하셨고요."

박영희 씨가 안도의 한숨을 내쉬었다.

"휴… 속이 조금이나마 뚫리는 것 같네요? 승효 씨, 철수 씨."

내가 말했다.

"그런데 우리 아직 남은 ①,②,③번 줄의 의미도 해석을 해야 할 것 같아요."

박영희 씨가 말했다.

"철수 씨, 승효 씨, 이거요…… 표에 보면 415랑 15, 그리고 1003이랑 20은 더하면 ③번 줄의 숫자가 나오는데 나머지 숫자들은 다른 것이 나오네요. 숫자들이 덧셈과 관련된 것 같다가도 2,3번째 숫자를 보면 또 아닌 것 같기도 하고요……."

김철수 씨는 기뻐하며 말했다.

"잠깐만, 영희, 승효 씨, 이거 달력 숫자에요! 일의 자리와 십의 자리는 날짜를 가리키는 숫자이고, 백의 자리와 천의 자리는 달을 가리키는 숫자에요. ①번 줄과 ②번 줄 숫자들을 더하면 십의자리 수와 일의자리 수가 30이나 31을 넘어가는 수가 되어 버리니까 덧셈이 이상했던 거네요. 그러면 7, 8월은 31일까지 있고, 10월은 30일까지 있으니 ①+②를 한 숫자에 각 달의 마지막 날을 빼주면 3번 줄의 숫자가 나오는 거예요!!"

내가 말했다.

"그렇다면 연쇄살인 사건 용의자가 경찰청에다가 이 글을 올린 이유는 무엇일까요?"

박영희 씨는 논리적으로 말했다.

"아마 용의자는 우리가 이 표를 못 풀 것이라고 예상한 거죠. ①,②,③번은 사건을 저지른 날짜이고, ④번은 장소인데, 날짜와 장소를 준 건 이때까지 이 범인이 저질러온 사건을 말하는 거고 물음표 날짜는 1138, 그런데 11월은 30일까지 있으니까 12월 8일에 학남 고등학교에서 일을 저지를 거란 예고네요."

나는 믿기지 않는 듯 말했다.

"그럼 우리 이 문제 푼 거죠…?"

"당연하죠!!"

김철수 씨가 우렁찬 목소리로 말했고, 우리는 다 같이 진행자에게 달려가 답을 말했고 기대에 차서 결과를 기다렸다.

"김철수, 박영희, 손승효 씨는 3단계 [연쇄살인 사건] 미션에서 1등을 차지하여 20점을 얻으셨으며, 총 합계는 55점입니다. 여러분들은 뛰어난 단서추론능력으로 이 경찰실전캠프를 1등으로 수료하게 되었습니다. 축하드립니다."

"꺄아악~~!!"

우리들은 너무 기뻐 이 강당이 날아갈 듯 소리를 질렀다.

영희는 기쁘고 힘들었던 감정이 스쳐 지나가는지 눈물을 흘리기 시작했고, 철수는 바로 휴대폰으로 부모님께 합격소식을 전하는 듯하였다. 나 또한 영희와 같이 긴장되었던 다리에 힘이 풀리며 주저앉았지만 마음만은 하늘을 날아갈 듯 기뻤다.

그렇게 그 날 힘들었던 캠프는 무사히 끝이 났고 우리는 수료증과 상장을 받아 각자 발령받은 경찰서로 향하였다. 꿈을 위해 힘든 노력을 했기에 경찰서로 가는 발걸음은 가벼웠고 마음은 두근거렸다. 그렇게 떨리는 마음을 잡고 내 첫 발령지인 경찰서의 문을 열자마자 익숙한 뒷모습이 보였다. 그 사람도 딸랑거리는 소리에 뒤를 돌아보았다. 그런데 웬걸, 뒤로 돌아본 사람은 다름 아닌 영희였다. 나는 너무 놀라 아무 말도 못하고 가만히 있었고 영희는 그런 나를 붙잡아 같이 발령받은 경찰서에서 자기 소개를 하였다.

"20**년도 새로 발령받은 박영희, 손승효입니다! 잘 부탁드립니다."

황금을 소유하고 싶은 자 지은이에게 오라!
- 황금? 황금비!

엄마가 가볍게 트렁크 문을 열어 재꼈다. 엄마는 큰 짐을 실으려 안간힘을 써보았지만 역부족이었다. 차 안에서 내비게이션을 만지고 있는 아빠와 휴대폰 게임 삼매경인 아들은 나와 도와줄 생각을 하지 않는다. 기어코 엄마가 운전석 창문을 두어 번 두들겼다.

"여보. 와서 이것 좀 도와줘요."

"알았어. 잠시…… 아, 됐다."

아빠는 차에서 내려 온갖 짐이 두둑한 검은 천 가방을 묵직하게 들어 트렁크에 실었다. 트렁크 문을 힘차게 닫자 바퀴가 들썩이는 듯 했다. 아빠와 엄마는 각자 운전석과 조수석에 탔고, 엄마는 내비게이션의 안내 시작 버튼을 눌렀다.

'안내를 시작합니다.'

아빠는 경쾌하게 시동을 걸었다. 엄마는 뒤를 힐끗 돌아보며 밀리를 쳐다봤다. 밀리는 휴대폰 화면 속으로 빨려 들어갈 듯 게임에 몰두하고 있었다. 엄마는 짧게 한숨을 내쉬었다.

"게임 좀 그만하면 안 되겠니? 오늘 아침부터 온종일 붙들고 있잖아."

밀리는 엄마의 면박이 달갑지 않았다. 겨우 일주일에 이틀 돌아오는 주말인데 아침 댓바람부터 깨워대니 기분이 여간 상한 게 아니었다.

"그러니까 애초에 두 분이서 갔다 오시면 되잖아요."

그래, 이게 다 할아버지의 유언장 때문이다.

몇 주 전 돌아가신 할아버지는 오래전부터 병원에 입원해 계셨다. 그래서인지 미리 유언장을 써놓고 자식이라곤 하나뿐인 아빠에게 전했던 것이다. 유언장에 따르면, 산 속 깊은 곳에 할아버지 명의의 펜션이 하나 있는데 이 사실은 아무도 모른다고 한다. 그리고 이 펜션은 이제 아빠 명의로 될 것이며, 가능한 한 빠른 시일 내로 꼭 들러보라고 했다. 유언장을 받은 아빠와 엄마는 놀랍기도 하고 슬프기도 했지만 한편으론 무언가 기대하는 눈치였다. 아빠는 모처럼 멀리 나가는데 가족 모두가 함께 가면 좋을 것이라 했다.

유언장에 표시된 펜션의 위치는 우리 가족이 듣도 보도 못한 곳이었다. 그래도 나름 펜션이라니 하룻밤 묵고 올 요량으로 짐을 많이 챙기게 됐다. 아빠는 라디오에 나오는 음악을 흥얼거리며 즐겁게 운전했고, 엄마는 옆에서 거들며 이야기보따리를 풀어놓았다. 혼자 꽁해 있던 밀리는 마침 휴대폰 데이터도 점점 바닥나고 있어 결국 잠이나 자기로 했다.

산 두세 개를 굽이굽이 돌아가는 길이었기에 뒷자리에 누워 있던 밀리는 위아래로 몸이 계속 쏠렸다. 지금쯤 집에서 만끽할 여유를 누리지도 못하는데 더불어 잠조차 마음대로 잘 수 없단 사실에 밀리는 짜증만 겹겹이 쌓여갔다.

'도착하기만 해봐라. 바로 들어가서 잠이나 자련다.'

밀리가 슬슬 멀미 기운이 올라오기 시작할 때, 아빠는 차의 속도를 줄이며 자갈길로 들어섰다. 요란한 자동차 움직임에 밀리는 벌떡 몸을 일으켜 세웠다. 이윽고 차가 멈춘 뒤, 밀리는 잽싸게 차에서 내렸다.

차에서 내리자 눈앞엔 조촐하면서도 묘한 분위기를 풍기는 펜션이 있었다. 펜션은 대칭구조였으며 적갈색 벽돌지붕으로 지어졌다. 파란색 현관문 양쪽에는 밤에 켤 수 있는 등이 하나씩 붙어 있었고, 창문은 앞에서 보면 다섯 개로 되어 있다. 2층 집으로 보이지만 중앙에 난 창 하나가 다락방이 있다는 것을 알려주었다. 이국적이면서도 적당하게 낡은 티가 나는 것이 밀리를 어딘지 모르게 잡아끄는 힘을 내고 있었다.

"우리가 알던 펜션 느낌이랑은 좀 다른데?"

"그래도 난 이런 곳에서 한 번 지내보고 싶었는 걸요?"

"뭔가…… 올드해."

밀리는 성큼성큼 현관으로 다가가 녹슨 쇠 문고리를 잡아당겼다. 문은 쉽게 열렸고, 안은 캄캄했다. 아빠가 따라 들어와 이리저리 두리번거리더니 전등 줄을 당겨 거실을 밝혔다. 거실은 여느 가정집과는 다를 게 없었다. 큰 가죽소파 하나와 그 앞엔 기하학적 무늬의 카펫이 깔려 있었고 유리판이 덮여진 원목 테이블이 놓여 있었다. 안쪽으로 들어가니 부엌과 방 하나가 나왔다. 현관과 마주보고 있는 화장실 옆에는 좁은 공간이 있었는데 그곳에 2층으로 통하는 계단이 있었다.

계단은 둥글게 돌아가며 2층을 향해 나 있었다. 아빠는 창문 밖으로 보이는 풍경을 감상하고 있었고, 엄마는 주방용품을 만져보고 있었다.

밀리는 계단을 조심스레 올라갔다. 2층도 어둡기는 마찬가지였다. 밀리는 손을 공중에 휘저어 전등 줄을 찾았다. 전등 줄을 당기자 주변이 밝아졌다.

2층도 1층과 별반 차이가 없었다. 넓은 방과 좁은 방 각각 하나, 욕실 하나였다. 그리고 밀리가 찾은 전등 줄 옆에는 나무로 된 계단이 있었다. 1층과 2층을 연결하는 계단과는 다르게 둥글게 돌아가지 않았으며 길이도 짧았다. 바로 다락방으로 통하는 계단이었다.

밀리는 다락방이라는 곳을 한 번 가보고 싶었다. 펜션에 도착하면 바로 자버릴 거란 생각은 까맣게 잊은 지 오래였다. 2층을 둘러볼 새도 없이 바로 다락방으로 향했다. 밀리는 계단 몇 칸을 올라 고개를 숙이며 다락방을 향해 고개를 내밀었다. 아래층들은 큰 창문들이 있어 빛이 어느 정도 들어왔지만 다락방 정말 조그만 창으로 새어나오는 햇살 외에는 아무런 빛이 안 보였다.

'쿵'

"아야야······."

어둠 속에 가려져 있던 서랍 모서리에 밀리는 발가락을 찧었다. 외발로 서서 한쪽 발을 감싸 쥐었다. 밀리는 허공에 팔을 휘적거렸다. 전등 줄이 느껴졌다. 전등 줄을 잡아당기자 그제야 시야가 서서히 밝아지기 시작했다.

맨 먼저 눈에 들어온 것은 작은 1인용 침대였다. 그 옆으론 네모난 목재 탁자 하나가 있었고, 그 위에는 탁자보다 조금 작은 크기의 육면체 모양의 전자시계가 있었다. 시계라고 하기엔 부피가 너무 컸다. 침대 맞은편에는 누군가 사용했던 것 같은 책상 하나가 놓여 있었다. 책상에 가까이 다가가니 아래 깊숙한 곳에 동그란 의자가 있었다. 밀리가 의자를 꺼내려 할 때, 1층에서 엄마가 부르는 목소리가 들렸다.

"어디 갔었니?"

"제일 위층 다락방에요."

"어머, 다락방도 있었구나. 그나저나 아빠랑 집 구경도 대충했고 짐 풀기 전에 밖에 나가볼 생각인데 너도 따라갈래?"

"아니요. 전 그냥 여기 있을래요."

"정말 오늘따라 협조성이 하나도 없구나. 엄마랑 아빠 오래 있다 올 수도 있는데 배 안 고프겠니?"

"가방에 어제 먹다 남은 샌드위치 챙기셨잖아요."

"그래. 그럼 그거 꺼내면서 짐이라도 풀고 있으면 엄마가 편하겠구나."

엄마의 목소리가 낮아졌다. 이건 꽤 화가 났다는 신호다. 밀리는 괜히 움츠러들었다. 엄마와 아빠가 밖으로 나가자 집 안이 외딴 곳에 있는 울창한 숲 같아졌다. 바람 소리만이 들리는 고요함이 남았다. 밀리는 귀찮아지기 전에 짐부터 풀어 놓는 것이 상책이라고 생각했다. 거실 소파 위에 아무렇게나 놓여 있는 가방 쪽으로 갔다. 밀리는 가방 안에 있는 것부터 모두 꺼내기로 했다.

수건, 옷, 간식거리, 세면도구 등 각종 짐들을 바닥에 죽 나열해 놓았다. 밀리는 잠시 쉬기로 하고 소파에 발 뻗고 누웠다. 이른 아침부터 준비해 나왔더니 이제야 피곤함이 몰려들었다. 창문으로 따뜻함이 스며오고 소파도 안락하니 잠자기 안성맞춤이었다. 밀리는 점점 무거워지는 눈꺼풀을 그대로 감아버리고 등받이 쪽으로 돌아누웠다. 그렇게 밀리는 잠에 빠져들었다.

잠에 들고 몇 분이 지났을까, 밀리는 퍼뜩 잠에서 깨어났다. 비몽사몽이었지만 집이 조용한 걸 보니 부모님은 아직 돌아오시지 않은 듯했다. 시간을 확인하기 위해 휴대폰 버튼을 눌렀지만 배터리가 다 되어 전원이 꺼져 있었다. 밀리는 짐이나 정리하기로 했다. 소파에서 굴러 내려와 카펫과 탁자 위에 펼쳐진 짐들을 바라보니 한숨이 푹푹 나왔다.

갑자기 밀리는 위화감을 느꼈다. 밀리는 잠에서 덜 깬 채로 짐정리 같은 궂은일을 하려니 정신이 혼미해 지는 것인 줄 알았다. 그런 생각은 짐을 다시 바라보니 싹 사라졌다. 수건이며 칫솔이며 옷들이며 다들 모양이 달라져 있는 것이다. 칫솔 길이는 묘하게 짧아졌으며 수건들도 조금씩 길이와 너비가 달라져 있었다. 엄마와 아빠, 그리고 밀리의 옷들은 죄다 사이즈가 같아져 버린 것이다.

밀리는 자신이 꿈을 꾸고 있다고 착각했다. 볼을 한 번 꼬집어 봤지만 아픔은 생생하게 전달됐다. 변한 수건의 모양에서 왠지 모르게 안정감까지 느껴졌다. 밀리는 걱정이 앞섰다.

'부모님이 보시고 내 탓이라 하면 어쩌지? 자고 난 사이에 이렇게 변했다고 해봤자 안 들어 줄게 분명한데……'

밀리는 자신이 얼마동안이나 잠들어 있었던 건지 확인해야겠다고 생각했다. 잠에 든 시간이 얼마 되지 않았다면 부모님이 오기까지는 어떻게든 생각을 정리할 시간이 있었다. 밀리는 고개를 들어 벽을 포함해 사방을 둘러보았지만 시계 따윈 보이지 않았다. 그때 문득, 다락방에 놓여 있던 무식하게 큰 전자시계가 생각이 났다. 시간이 정확한지는 모르지만 일단 확인해 보기로 하고 계단을 올라갔다.

다락방에 다다르니 아까 본 위치에 시계가 그대로 있었다. 곧장 걸어가 시간을 확인하니 오후 11시 23분이었다. 말도 안 된다. 아직 바깥은 태양빛으로 쨍쨍한데 밤일 리가 없지 않은가. 밀리는 시계 옆의 침대에 털썩 앉았다. 반포기 상태였다.

'될 대로 되라지.'

애꿎은 시계만 노려봤다.

'얘는 왜 이리 무식하게 큰 거야. 공간 낭비네.'

밀리는 시계를 이리저리 둘러보았다. 시계를 한 손으로 들려고 했으나 육면체 안이 모두 쇳덩어리인 듯 두 손으로 용을 써도 들 수가 없었다.

"고장 난 시계 주제에 무겁기는 더럽게 무겁네!"

밀리는 시계에 화풀이를 해댔다.

"정말이지……. 오늘따라 되는 게 없어."

밀리는 짜증이 가득한 얼굴로 시계를 세게 밀었다. 그러자 그 무겁던 시계가 조금 틀어졌다. 밀리는 괜한 오기가 생겼다. 벽에 붙어 있던 시계를 있는 힘껏 끌어당겨 앞으로 조금 당겼다. 그 후, 돌리기 쉽도록 시계의 오른쪽 가장자리 부분을 양손으로 밀어 반시계 방향으로 돌아가게 했다.

밀어내고 쉬고를 몇 번이나 반복했을까, 결국 시계는 뒷면을 점차 드러냈다. 그리고 그 뒷면이 완전히 다 보이게 되자 밀리는 헉 소리를 내지 않을 수가 없었다. 바로 금고의 모습이었다.

밀리는 금고를 보자마자 덜컥 겁부터 들었다. 남의 것을 멋대로 만진 게 아닐까 하는 생각에서였다. 그러나 침착하게 다시 생각해 보니 이 펜션은 할아버지가 남기신 것이었고 더군다나 자신의 가족에게 물려준 것이었다. 그러니 혹시나 가족에게 주는 선물일지도 모르는 것이다. 밀리는 들뜬 마음으로 금고의 문을 당겨보았지만 어쩌면 당연하게도 문은 굳게 닫혀 있었다. 금고의 문에는 1에서 9까지 숫자가 적힌 다이얼과 다이얼의 중간에 리셋버튼이 있었다. 비밀번호를 맞추고 난 뒤 틀릴 시에 누르는 것이었다.

"아!"

밀리는 금고 뒤에 있던 11시 23분이라는 고장 난 시간이 떠올랐다. 영화나 드라마에서 보면 이상한 데에서 결정적인 힌트가 나오기 마련이었다. 밀리는 조심스레 다이얼을 돌리기 시작했다.

1⋯⋯

1⋯⋯

2⋯⋯

3⋯⋯

떨리는 마음으로 금고 문을 잡고 잡아당겼다. 그러나 웬일인지 문은 열리지 않았다.

'하긴⋯⋯ 이렇게 쉬울 리가 없겠지?'

밀리는 조금 실망한 표정을 지었다. 그러나 그것도 잠시, 금고가 할아버지가 남기신 거라면 이 펜션 어딘가에 힌트를 주셨을지도 모른다. 밀리는 이 다락방부터 조사해 보기로 했다.

밀리는 침대 이불을 뒤적거리기도 하고 침대 밑을 더듬거려보았지만 아무것도 나오지 않았다. 금고 주변에서 수상한 점은 아무것도 발견할 수가 없었다. 그렇다면 남은 것은 저 책상 하나다. 할아버지가 썼던 책상일지도 모른다. 밀리는 책상으로 다가가 책상 위를 살폈다. 책상에는 펜 몇 자루와 빈 종이, 낡은 흔적만이 있었다. 밀리는 잠시 앉아서 생각하기 위해 책상 밑의 의자를 당겨 꺼냈다.

그러자 '딸그랑' 하고 금속이 떨어지는 소리가 났다. 밀리는 온몸의 털이 바짝 선 기분이었다. 재빨리 책상 밑으로 들어가 떨어진 것을 확인했다. 열쇠 두 개가 연결된 고리였다. 밀리는 자동적으로 열쇠를 닫힌 책상 서랍의 열쇠 구멍에 끼워 넣어 보았다. 서랍은 두 개였는데 첫 번째 칸에 밀어 넣었던 열쇠는 맞지 않았다. 다른 열쇠를 끼우자 열쇠가 돌아갔고 서랍을 열 수 있었다.

첫 번째 서랍에는 마찬가지로 펜 몇 자루와 빈 담뱃갑, 라이터가 있었다. 제일 처음 사용했던 열쇠로 두 번째 서랍을 열어보았다. 두 번째 서랍은 꽤 묵직했다. 서랍을 열자 안에는 책 한 권이 놓여 있었다.

'황금비에 관하여'

'친애하는 데샹에게'

데샹은 할아버지의 이름이었다.

몇 페이지를 더 넘기자 글자들이 빼곡하게 써져 있었다. 글씨가 들쭉날쭉하고 몇 페이지 안 되는 것으로 보아 아마 누군가가 직접 자필로 쓴 듯했다. 내용은 편지 형식으로 시작되었다.

'안녕, 데샹! 멀리 떠나기 전에 무언가 선물해 주고 싶어서 책을 직접 쓰게 됐어. 나는 세계 여러 곳을 돌아다니며 수많은 가치 있고 소중한 경험들을 했어. 그리고 그중 일부를 너에게 선물하려 해. 네가 수학을 좋아한다는 건 우리 고향 마을 사람들은 모두가 알거야. 내가 이탈리아에 갔을 때 한 수학자를 만난 적이 있어. 그와 나는 짧은 시간이었지만 정말 친해졌지. 내가 그와 헤어지기 전에 그는 나에게 재밌는 사실을 알려주었어. 절대 비밀이라고 했지만 이런 훌륭한 발견은 널리 알려져야 된다고 생각해. 특히 너에게는. 나는 그에게서 듣고 배운 내용을 짧게 메모했다가 이렇게 고향에 돌아와서 정리하기에 이르렀어. 어디론가 여행하다 언제 또다시 고향에 돌아오게 될지는 모르겠지만 아마 이번이 마지막일 것 같아. 그럼, 내 경험을 잘 즐기기를.

밀리는 잘은 모르겠지만 기묘하게 변해버린 가족의 짐들과 방금 발견한 이 책 모두가 자신을 행운으로 이끌어주고 있다는 확신이 들었다. 밀리는 의자에 바로 앉아 책을 읽어보기로 했다. 제목에 써져 있는 대로 황금비에 관한 내용이었다.

밀리는 펜을 집어 책상 위에 있던 빈 종이에 짤막하게 기록하기로 했다. 밀리가 책을 읽으며 간단하게 요약을 마쳤다.

'황금비는 수학자 피타고라스에 의해 유래된다.'

'어떤 수이건 뒤쪽에 있는 수가 앞의 수 두 개를 더한 것과 같은 규칙을 황금비라 부른다.'

'즉, $f_1 = 1, f_2 = 2, f_{n+2} = f_{n+1} + f_n$'

'예를 들어, 1. 1. 2. 3. 5. 8. 13. 21. 34. 55 …'

'황금비로 선분을 나누는 것을 황금분할이라고 한다.'

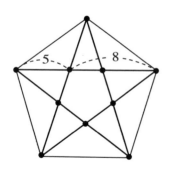

'이 그림에서 5를 1로 보았을 때, 5 : 8은 1 : 1.6이 된다.'

'긴 선분의 길이를 계산하면 실상 1.618033989…로 끝도 없이 이어진다.'

'편의상 소수 셋째자리까지 나타내 1.618로 정한다.'

밀리는 새삼 알고 있었다고 생각했던 황금비를 좀 더 제대로 알게 된 기분이었다. 책을 덮고 메모한 종이를 들고 금고 앞으로 갔다. 기록한 내용에서 숫자들을 대충 추려내니 될 것 같았다. 먼저, 1. 1. 2. 3. 5. 8. 13. 21. 34. 55로 맞춰보기로 했다. 그러나 금고는 열리지 않았다. 숫자들의 순서를 마구잡이로 바꿔보아도 결과는 똑같았다. 그렇다면 1.618033989로 맞추기 시작했다. 혹시나 싶어 1.618까지 돌려보았지만 결과는 실패였다. 뒤의 숫자들을 차례로 계속 맞춰나갔지만 정답이 아니었다.

밀리는 다시 곰곰이 생각하기 시작했다. 온갖 숫자들을 머릿속에서 마구 뒤섞어 봐도 복잡하기만 했다. 밀리는 침착하게 처음부터 다가가 보기로 했다. 황금비라는 것은 말 그대로 비이다. 몇 대 몇으로 나와야 한다는 것이다. 그렇다면 1.618을 적을 게 아니라 1:1.618이므로 11618 을 입력해야 한다는 것이다. 밀리는 다이얼의 리셋버튼을 누르고 숫자들을 향해 조금씩 돌렸다.

1…

1……

6……

1……

8……

'철컥'

밀리는 하마터면 소리를 지를 뻔 했다. 주체할 수 없는 떨림과 연신 새어나오는 바보 같은 웃음소리와 함께 천천히 금고의 문을 열었다. 금고를 열자 익숙하지 않은 반짝거림에 눈이 동그랗게 떠졌다. 금괴라는 것을 실물로 보기는 처음이었다. 밀리는 입을 자신의 손으로 틀어막으며 방방 뛰었다.

"아야!"

너무 뛰어오르다 그만 다락방의 천장이 낮은 것을 생각 못하고 머리를 박아버린 것이다. 밀리는 금고 앞의 침대에 뛰어올라 다시 생각을 정리했다.

"황금비를 아니까 정말 황금을 줬잖아!"

'이게 바로 할아버지의 유산이구나.'

"너무 많은 것을 얻어 가는데?"

밀리는 1층으로 한달음에 내려갔다. 아빠와 엄마가 오자마자 알려주고 싶어서였다. 1층으로 내려가자 잊고 있었던 짐들이 반겨주었다. 짐들은 원래 모습 그대로 돌아와 있었다.

'어쩌면 너희들은 황금비율로 변해 힌트라도 주고 싶었던 거겠지?'

밀리는 널브러진 짐들은 정리하지 않기로 했다. 펜션으로 돌아온 부모님의 잔소리하는 입을 떡 벌어지게 할 자신이 있으니까 말이다. 이 고마운 선물로 할 수 있는 일들을 상상해 보기도 했다. 밀리는 자신의 것을 따로 챙겨 놓을까 생각했다. 어느새 현관에선 두런두런 이야기 소리가 들렸다.

나리가 반 강제로 알려드리는
우리가 잘 몰랐던 수학자 "힐베르트"

"우리는 알아야만 한다. 우리는 알게 될 것이다."

– 힐베르트 (1862년 ??월 ??일~1943년 ??월 ??일)

　쾨니히스베르크에서 괴팅겐대학으로 자리를 옮긴 힐베르트는 그곳을 수학 천재들의 중심지로 만들면서 명성을 떨치기 시작했다고 합니다. 수학에 관한 힐베르트의 지식은 광범위했으며 천재적이었습니다. 그는 수학의 여러 분야를 연구했는데, 그중 기하학 분야에 있어서 힐베르트는 유클리드 이후 가장 큰 영향을 미친 수학자입니다. 힐베르트는 불변량, 함수해석학, 적분방정식, 수리물리, 미적분학, 정수론 등 수학의 여러 분야에 공헌했습니다. 한편 힐베르트는 국제회의의 연설을 통해 20세기에 해결해야 할 스물세 가지 문제들을 제시했는데, 이는 20세기 수학에 활력과 도전정신을 불어넣어 이로 인해 20세기 수학은 더욱더 발전하게 되었습니다.

　이 명언을 보고 처음에는 말이 굉장히 헷갈렸습니다. '알아야만 한다. 그럼 알게 된다.' 한 분야를 알게 되면 다른 분야도 알게 된다라는 뜻으로 해석이 되는 것 같아요. 힐베르트의 지식이 광범위하고 천재적일 수 있었던 이유는 아마 이 명언처럼 한 가지를 알면 다른 것도 알게 되는 그런 사람이었기 때문이 아닐까 하고 짐작해 봅니다. 기하학 그냥 이름부터 어렵다. 이렇게 생각하고 있었는데 공부하다 보면 재미있어질 수도 있겠다는 생각이 들었습니다. 이렇게 힐베르트가 수학이 발전할 수 있도록 국제회의의 연설에서 20세기에 해결해야 할 23가지 문제를 제시해 주신 것은 대부분 다 풀렸다고 하네요. 다행인 것 같습니다. 20세기 수학의 발전에 큰 기여를 하신 수학자 힐베르트님 감사합니다!

LEVEL 3 고급자용

따옴표 신문

발행인 : 이지민

6월 모의고사, 희비 엇갈려……

6월 모의고사로 인해 전국에 있는 고등학교가 또 한 번 발칵 뒤집혔습니다. 메르스의 확산으로 전국 7개의 학교가 휴교한 가운데, 대부분의 고등학교 학생들은 무더위 아래에서 무사히 모의고사를 치렀습니다. 학생들은 특히 수학 과목에서 곤경에 빠졌습니다. 내신만 준비하고 모의고사를 따로 준비하지 않은 몇몇 학생은 크게 미끄러졌습니다. 3월에 치러진 모의고사에 비해 성적이 오른 학생, 성적이 떨어진 학생들로 희비가 엇갈렸습니다.

이번 모의고사는 부산광역시교육청에서 주관한 것으로, 중학교와 고등학교 1학년 수준의 수학 개념들을 적용하면 어느 정도 풀 수 있는 수준의 문제들이었지만, 1등급 커트라인은 90점을 넘기지 못하였습니다. 이에 수학 선생님은 "개념만 안다면 충분히 풀 수 있는 문제이지만 생각보다 등급 커트라인이 낮다." 그리고 학생들은 "어려웠다.", "이게 사람이 풀 수 있는 문제인가.", "시간이 모자라다.", "들판을 가르는 푸른 바람은 무슨, 시험지를 가르는 빨간 소나기이다." 등의 반응을 보이고 있습니다. 이번 모의고사에 기대한 성적이 나오지 못한 만큼, 학생들의 마음을 다시 잡게 하는 계기로 작용할 것 같습니다.

박소림 기자

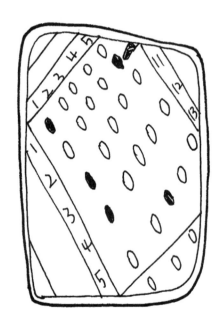

모의고사 찬성

1. 나의 실력을 알아볼 수 있다. (8명)

2. 수능에 대한 감을 잡을 수 있다. (10명)

3. 나의 점수를 보고 반성할 수 있는 계기가 된다. (2명)

모의고사 반대

1. 시험에 대한 스트레스가 심해질 수 있다. (13명)

2. 다른 공부 할 시간이 없어지게 된다. (2명)

3. 그냥 하기 싫다. (15명)

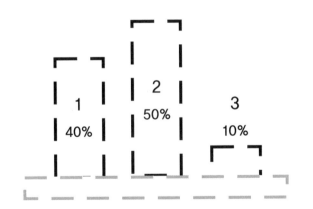

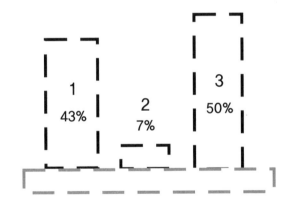

학남고등학교 1학년 50명을 조사 (2015. 6. 7)

오답노트의 중요성

오답노트란 자신이 친 시험에서 헷갈리거나 틀린 문제가 나왔을 때 문제를 다시 보고 다시 풀어보는 것을 말한다.

대부분의 학생들은 시험을 치고 난 뒤 시험지를 집안 구석에 박아두거나 버리는 아이들이 많을 것이다.

하지만 EBS 공부의 왕도나 대부분 상위권의 아이들은 자신이 틀린 문제를 오답노트에 적고 문제 해결을 한 후 자신이 틀린 이유를 찾아보고 준비해야 할 것이나 더 공부해야 할 것도 찾아서 다음번에 틀리지 않을 계획까지 확실히 세운다.

오답노트를 쓰는 방법은 하나의 노트를 준비하고 내가 틀린 문제를 잘라 붙이거나 다시 쓴다. 그리고 해설지에 나와 있는 해설보다는 나만의 해설로 써보고 도저히 풀리지 않거나 막막할 때 해설을 사용한다. 그리고 밑에 틀린 이유가 무엇이고 다음번에 틀리지 않기 위해 어떤 노력을 해야 할지 적는다. 이렇게 여러 과목을 공부하고 써 놓은 문제를 시험 치기 전에 보고 완벽하게 한다면 그 문제를 틀릴 일이 없을 것이다. 만약 그 문제를 또 틀린다면 자신의 공부 방법에 문제가 있다는 것을 자각하고 그것을 알아내기 위해 다른 배경지식을 쌓거나 여러 책, 선생님의 말씀 등을 기록하고 고쳐나갈 수 있도록 노력해야 한다. 이렇듯 여러 가지의 방법을 계속 시도해 나간다면 시험에서 좋은 성적을 받을 수 있고 자신만의 공부 방법을 찾아 꿈을 이룰 수 있을 것이다.

아르키메데스는 왕에게 자신의 왕관이 순금인지 다른 물질과 섞여 있는지
알아오라는 부탁을 받고 며칠 동안 고민을 했다.
그러던 어느 날 아버지와 목욕탕에 간 아르키메데스는
물 안으로 들어갔고 우연히 목욕탕 물이 넘치는 것을 보게 된다.
그것을 보고 문제를 해결한 아르키메데스는 "유레카!"라고 외치며 왕에게 곧장 뛰어갔다.
왕 앞에서 같은 크기의 그릇에 같은 양의 물을 담고
왕관과 같은 부피의 순금과 순은을 준비해서 물에 넣었다.

부피 = 질량/밀도인데 순금과 순은의 질량은 똑같고
밀도는 각각 $19.32g/cm^3$, $10.5g/cm^3$이다.
그래서 순은의 부피가 순금의 부피보다 더 크고
같은 양의 물에 넣었을 때 순은을 넣은 물이 더 많이 빠져나온다는 것을 알 수 있다.
그 결과 순금의 부피보다는 크고 순은의 부피보다는 작아서
왕관은 순금과 순은을 섞은 것이라고 밝혀졌다.

수학 십자말 풀이

1　　①　2

6②

4

③　5　④　7

10

8

⑤　9

⑥

〈세로〉

1. 이 책을 지은 동아리 이름은?
2. A에 속하고 B에 속하지 않는 집합
3. [×] (×보다 작거나 같은 최대의 정수)
4. a+bi (실수와 허수의 합)
5. 자연수를 몇 개의 자연수 합으로 나태내는 것을 자연수의 ○○이라고 한다.
6. 앞의 두 수의 하빙 바로 뒤의 수가 되는 수의 배열을 ○○○○의 수열이라고 한다.
7. 정의역과 공역이 바뀐 함수
8. 항상 성립하는 등식
9. 문과와 이과 사이 책의 주제
10. 서로 다른 것을 원형으로 배열하는 수열

〈가로〉

① 첫 째 항부터 차례로 일정한 수를 더하여 만든 수열
② '빗변의 길이 제곱은 나머지 두 변의 길이의 제곱의 합과 같다' 는 ○○○○○의 정리이다.
③ 하나의 대항식
   두 개 이상의 인수의 곱으로 나타낸 것
④ 함수 y=f(x)에서 집합 Y
⑤ 첫 째 항부터 차례로 일정한 수를 곱하여 만든 수열
⑥ 방정식 ax+b=0

1따		①등	2차	수	열				3가
옴									우
표					6②피	타	고	라	스
	4복				보				
	소				나				
③인	수	5분	해		치		④	7역	
		할					10원	함	
			8항				순	수	
			⑤등		9수	열			
⑥일	차	방	정	식		학			

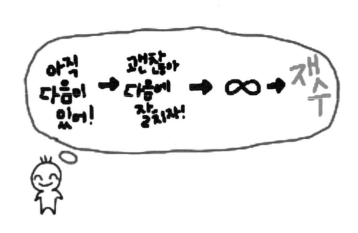

항상

김나리

다음을 기약하며

    모의고사가 끝난 후 "이번 시험은 잘 못 쳤으니 다음 시험을 잘 치자!", "다음에 잘 치지 뭐."라고 생각하는 저를 포함한 다른 학생들의 단골 멘트(?)를 시로 표현해 보았습니다. 정작 공부는 하지 않으면서 그럴싸하게 말만 하는 일부 학생들의 생각을 말풍선 안에 조금 극단적으로 표현해서 배경에 넣어 보았습니다.

    말 그대로 다음 시험을 잘 치고 싶으면 공부를 더 열심히 해야 하는 것을 알고 있음에도 불구하고 항상 싱숭생숭한 기분을 탓하며 공부를 하지 않는 나를 나타내는 글임과 동시에 나와 비슷한 생각을 하는 학생들에게 공감을 유발하고 싶어서 제목은 "항상" 이라고 붙였습니다.

동아리 수학자가 궁금하다면 김예원에게 와!
- 새파란 수학

'덜컹' 움직였다. 조금씩 미동을 보이기 시작한다.

"우와!"

산 속이 울리도록 소리를 질렀다. 이곳은 우리 MT(MathemaTician 수학자)동아리가 머물게 될 숙소다. 보기 좋게 잘 깎여진 나무와 자연의 조화로움을 나타낸 창문 틀. 보기보다 넓은 내부에 네 명 모두는 환호성을 질렀다.

"진짜 넓다, 2층도 있고."

장일이 형이 말했다. 이장일, MT동아리(사실 동아리랄 것 없이 우리끼리 지은 이름이다. 수학을 좋아하는 네 명으로 구성되어 있다.)의 부장이다.

"도형을 조합해둔 것처럼 딱 들어맞는 게 신기해!"

뭐든지 수학으로 생각하는 윤양하, 유일한 여자다. 벌써 자기 방을 찾는 정진국. 이름대로 사람이 정말 좋다. 나는 임웅재, 딱히 소개를……아, 제일 잘 생겼다. 농담이라 해두겠다. 우리 넷은 각자 방을 정하고 청소를 시작했다. 나와 진국이가 한 방, 양하와 장일 형은 각자 한 방씩 사용하기로 했다. 나와 같은 방을 쓰는 진국은 거실을 청소한다고 방을 나갔다.

'덜컹'

"응?"

이상한 소리를 들었다. 찜찜한 표정으로 다시 청소를 시작하려던 찰나, '덜컹' 고개를 휙 돌렸다. 책장이다. 책장이 이상한 소리를 내고 있었다. 드라마나 영화에서 나올 법한 미닫이식 책장이었다. 나는 호기심에 책장을 건드려 보았다. 조금씩 더 열리더니 새까만 벽이 나왔다. 손을 뻗었더니 쑥 하고 들어갔다.

"헉……"

너무 놀라 아무 소리도 내지 못했다. 그렇게 놀란 채로 난 아예 책장 안으로 이끌리듯 들어갔다.

무언가에 홀린 듯이.

"웅재야!"

아무 소리도 들리지 않았다.

"뭐야, 그새 청소하다 자나?"

쿵쿵쿵. 진국은 계단을 올라갔다. 아무도 없는 방엔 이상한 책장만이 활짝 열려 있었다.

"장일이 형! 양하야!"

진국은 다급하게 둘을 불렀고 셋은 책장 앞에 섰다.

"아, 머리 아파."

책장으로 들어온 후 몇 시간은 잔 것 같이 머리가 어지러웠고 서서히 눈을 떴다. 온통 하얀 눈뿐인 겨울이었다.

"으악, 추워!"

난 한여름 옷인데…….

"겨울이라니, 대체 여긴 어디야?"

그때 작은 파랑새 한 마리가 내 앞으로 날아와 포도독 거렸다.

"따라오라고? 여기가 어딘지 알고."

그러나 난 그 새를 무심코 따라가고 있었다. 한참을 걸어도 인기척 하나 없었고 큰 대문 앞에 도착했다. 실로 어마어마한 크기였다.

"창문도 잠겨 있고 내려오지도 않았으니 이상해도 이 책장이 맞는 거야."

양하는 당차게 책장으로 걸어 들어갔다. 검은 어둠 속으로 양하가 사라지자 당황한 장일과 진국은 굳은 다짐을 한 듯 뛰어 들어갔다. 아니

나 다를까 하얗고 추운 겨울이 셋을 기다리고 있었다.

"여기로 오는데 5초밖에 걸리지 않았어."

양하는 중얼거렸다. 장일은 두리번거리기 바빴다. 그때 멀리서 파란 빛이 보였다.

"저기 빛이 있어! 웅재가 있을지도 몰라."

믿을 만한 장일의 말에 양하와 진국은 뒤를 따랐다. 파란 빛에 가까워지고 있다 느낄 때즈음 웅재가 보였고 빛은 사라졌다.

"임웅재!"

장일의 목소리를 들은 웅재는 대문이 열림과 동시에 뒤를 돌았다.

"형! 애들아!"

어떻게 왔는가, 그것이 제일 궁금했다.

"이상한 소리가 나서 건드렸더니 옆으로 열리더라고. 그리고 무언가에 홀린 듯이 여기로 왔어. 지금 막 이 대문을 통과하려던 참이었어."

"이상한 곳 아냐?"

추위에 벌벌 떨며 양하가 웅재를 올려다보았다.

"아닐 거야."

확신에 찬 얼굴로 웅재는 대문 안으로 들어갔고 셋은 미심쩍은 표정으로 따라갔다. 그 안은 말도 안 되게 따뜻했다. 밖과는 확실히 달랐다. 동식물, 사람, 날씨 모든 게 달랐다. 큰 대문은 사라졌고 '이상한 나라의 앨리스'에 존재하던 푸르고 동화 같은 왕국이 넷을 맞이했다.

"여기서 저 성까지 얼마나 걸어야 할까?"

양하가 가리키는 곳엔 멀리 떨어져 있는 왕궁이 있고, 수많은 언덕과 들판이 있었다. 심지어 향기롭기까지 했다.

'쿵 쿠구궁-' 하는 굉음과 함께 좀 전엔 볼 수 없던 큰 바위가 넷을 막아섰다. 넷은 어리둥절하여 바위를 훑어보았다.

"여기 봐! 뭐가 적혀 있어!"

장일의 외침에 모두가 바위 한구석으로 모였다.

"수학 문제잖아? 이게 왜 이런 곳에 적혀 있지······."

'1분.'

"어?"

'제한시간은 1분이다. 1분 내로 정답을 말하지 않으면 앞으로 나아가지 못한다.'

어디선가 말소리가 들렸고 넷은 상황이 장난이 아님을 알았다.

"일단 풀어보는 게 좋겠어."

장일의 말이 끝남과 동시에 웅재가 소리쳤다.

"내가 풀어볼게!"

웅재는 문제 앞으로 성큼 다가갔다. 몸 풀기로 주어진 더하기 몇 문제를 맞히고 진짜 문제를 읽기 시작했다.

[문제 1. 다음 식의 값을 구하여라.]

$x - y = 5$, $xy = -3$ 일 때, $x^3 - y^3$의 값.

웅재는 말 한마디 없이 돌 위에 손가락으로 슥슥 계산을 하더니

"80!"

정답을 말했다. 돌이 깨지며 눈앞에서 사라지고 대문 밖에서 본 파랑새가 다시 앞으로 왔다. 이 파랑새의 날갯짓 또한 자신을 따라오라는 듯했다. 웅재는 문제를 풀고도 기분이 이상했다.

'뭔가······ 반복될 것만 같아.'

문제를 맞힌 웅재에게 세 명은 잘했다며 무어라 하지만 웅재에게는 들리지 않았다. 이것이 시작이었다.

넓은 왕국 저 멀리 흐릿하게 왕궁이 보였다. 양하는 이곳에 온 뒤로부터 저 왕궁에 가까워지고 싶어 했다. 넷은 아름다운 경치에 넋을 잃고 두리번거렸다. 파랑새는 여전히 앞을 보며 날았다. 2분 정도 더 걷는가 싶더니 파랑새가 멈춰서 웅재의 어깨에 앉았다.

"어?"

정신없이 돌아보다 앞을 본 웅재는 당황함이 섞인 목소리를 내었다. 앞에는 큰 몸집의 사자 한 마리가 있었다. 넷의 앞길을 막고 순한 눈빛으로 그들을 쳐다보고 있었다.

"…… 살려주십시오."

사자는 사람의 말을 했다.

"무슨 말을 하는 거죠?"

"저는 이 왕국에 사는 사자, 아루스라고 하오. 제가 쭉 지켜본 바로 여러분은 황홀한 광경에 넋을 놓고 계셨소. 하지만 이 겉보기에 아름다운 왕국에선 몇 주 전부터 무서운 일들이 생기고 있소. 저 멀리 보이는 왕궁에 사악한 쌍둥이 여왕이 있소. 그들의 아버지가 하늘로 떠난 뒤 여왕이 되고부터 궁 안의 사람들을 마음대로 부려먹고 이 나라 백성들을 괴롭히고 있소. 물질적 괴롭힘은 물론이며 머리를 쓰게 하는 아무도 못 풀 만큼 어려운 수학 문제를 내어 2주에 한 번씩 제물로 바칠 사람들을 한 명씩 잡아가고 있다오. 백성들은 겁에 질려 집 밖으로 나오지도 못하고 있다오. 그대들이 어디서부터 온 전사들인지는 모르겠다만 부디 이 왕국을 평화롭게 되살려 주시오."

넷은 사자가 늘어놓는 이야기에 그 누구도 섣불리 말을 꺼내지 못했다.

"전사라니요? 우리는 그저 우리가 살던 곳으로 되돌아가기 위해 저 왕궁에 찾아갈 생각을 하고 있었습니다. 그런데 이 무슨……."

장일은 진국의 입을 막았다.

"우리도 살던 곳으로 돌아가기 바쁘지만 이러나저러나 가야 하는 목적지는 같으니 일단 여왕들을 찾아가 보겠습니다. 같이 가줄 수 있습니까?"

"왕궁 안으로 들어가 본 지 벌써 5년은 된 것 같소. 가봐야 도움은 주지 못할 테니 왕궁 앞에서 기다리고 있겠소."

"그럼 다녀오겠습니다."

무작정 사자의 말을 듣고 길을 나서는 장일의 행동에 셋은 장일을 나무랐다. 장일은 걸어가며 어차피 우리가 있던 숙소로 되돌아가기 위해서 저 왕궁을 가야 했었다며 셋을 설득했다. 얘기를 하며 걷다보니 그들은 왕궁의 커다란 대문 앞에 멈춰 섰다. 문을 열려고 하자 처음에 들었던 목소리가 들렸다.

'궁에 들어가려면 문제를 풀어야 한다. 이번 문제를 만만하게 모아서는 안 될 것이다.'

[문제 2. 이날 판매한 두 상품 A,B의 개수를 각각 a,b라 할 때, a+b의 값을 구하여라.]

어느 매장에서 두 상품 A,B를 정가로 판매할 때와 할인가로 판매할 때의 1개당 가격은 표와 같다.

	A	B
정가	6000	4000
할인가	5000	2000

어느 날 이 매장에서 두 상품 A,B를 모두 할인가로 판매하였더니 매출액은 340,000원이었다.

이는 이날 판매한 상품을 모두 정가로 판매했을 때의 매출액보다 140,000원이 적은 금액이다.

"이번엔 내가 풀게!"

자신만만한 표정으로 양하는 문제가 적힌 대문을 바라봤고 언제 가져왔는지 모를 종이와 펜을 들고 풀이를 적어나가기 시작했다.

$5000a + 2000b = 340000$은 $5a + 2b = 340$ 이다. $\cdots$(1)

$6000a + 4000b = 340000 + 140000 = 480000$ 이므로 $3a + 2b = 240$이다. $\cdots$(2)

(1)에서 (2)를 빼면 $2a = 100$, $a = 50$이고 이를 대입하면 $b = 45$이다.

따라서 $a+b=50+45=95$개이다.

'쉽게도 풀었군. 정답이다.'

"숫자만 크지 계산 방법은 전혀 어려울 것 없었어. 들어가자!"

쉽게 문제를 푼 양하 덕에 셋은 숙소로 쉽게 돌아갈 수 있을 거라고 생각하며 왕궁 안으로 들어갔다.

어두운 궁의 모습에 넷은 꼭 붙어 앞으로 나아갔다. 궁을 지키는 사람들은 하나도 빠짐없이 깊은 잠에 취해 있었다. 아마 여왕들의 짓인 것 같았다.

"우리한테 줬던 문제가 어려웠나 봐. 이렇게 경비가 허술한데 아무도 들어오지 못한 걸 보면 말이야. 5층까지 쉽게 가겠는데?"

"그러게, 벌써 3층이야. 여왕들이 있는 층까지 금방일 것 같아. 웅재랑 양하, 잘 오고 있지? 어두워서 뭐 보이지가 않네……"

"으아아아악!!"

진국의 말이 끝나자마자 양하의 비명소리가 들렸다. 웅재는 겁에 질려 바닥에 앉아 있었고, 장일과 진국은 상황 파악을 하기 시작했다. 양하의 몸에는 거대한 줄기가 감겨져 있었다.

"궁 안을 지키는 괴물인가 봐!"

무기를 찾기 위해 주위를 서둘러 살피는 장일을 뒤로하고 진국은 양하를 들고 있는 줄기를 째려보았다.

'용케도 문제들을 풀었겠다. 당장 무기를 찾는 짓은 멈추고 내가 하는 말을 들어라.'

장일은 행동을 멈추고 그 자리에 서서 가만히 귀를 기울였다.

'대문에서 풀었던 문제의 난이도가 어떻든 간에 난 너희들을 그냥 보낼 수 없다. 여왕들에게 가기 전에 내가 낸 문제를 풀고 가야 한다. 답을 틀리거나 지금 내 말을 무시하고 간다면 이 아이는 내가 잡아먹어 버리겠다.'

"형, 이번엔 내가 풀 테니까 웅재 데리고 저기 가 있어요."

듬직해 보이는 진국의 태도에 장일은 주저앉은 웅재를 데리고 뒤쪽 벽으로 데려가 진정시켰다.

[문제 3. 다음 연립부등식을 만족시키는 모든 정수 x의 값의 합을 구하여라.]

$$0 \leq -x^2 + 5x < -x + 9$$

'진국이가 예전에 가장 힘들어했던 연립부등식'

장일은 진국을 걱정하는 표정을 지으며 바라보았다.

$0 \leq -x^2 + 5x < -x + 9$에서

(1) $x^2 - 5x \leq 0$인 경우 $x(x-5) \leq 0$, $0 \leq x \leq 5$이다.

(2) $-x^2 + 5x < -x + 9$인 경우 $x^2 - 6x + 9 > 0$, $(x-3)^2 > 0$ 이므로 $x \neq 3$인 모든 실수 이다.

두 개에서 주어진 부등식을 만족시키는 해는 $0 \leq x < 3, 3 < x \leq 5$이므로

정수해는 $0, 1, 2, 4, 5$다. 합은 12이다.

"잘했어!!"

진국이 문제를 다 풀자마자 장일은 소리쳤다. 양하를 감싸고 있던 거대한 줄기는 양하를 슬쩍 놓아주며 뒤로 기어갔다.

'부등식을 쓰기 귀찮았을 텐데 잘도 풀었군. 놓아주도록 하지. 얼른 여왕들한테 가봐라.'

줄기가 사라지고 기운이 빠진 양하를 장일이 업었다. 정신을 차린 웅재는 진국에게 무슨 일이 있었는지 전해 들었고 넷은 다시 힘을 내 꼭대기 층으로 향했다. 장일은 다음 문제의 난이도를 곰곰이 생각해 보았다. 과연 마지막 문제는 쉬울까? 어려울까? 여왕들이 우리를 숙소로 보내줄 수 있을까. 이 왕국이 다시 평화로워질까. 계단을 오르며 장일의 생각은 끊이질 않았다.

"…… 여기다."

넷은 여왕들이 있는 문 앞에 섰다. 웅재가 문을 툭 건드리자 문은 쉽게 열리고 여왕들의 모습이 보였다. 어디선가 낯이 익은 얼굴의 여왕들이었다.

"하트 여왕?"

까만색 하트와 빨간색 하트의 모자를 쓴 여왕들이 넷을 매섭게 노려보고 있었다.

"어떻게 여기까지 온 거지?"

"홀든(거대 줄기)이 쉽게 놔줄 리가 없는데…… 괘씸하군."

장일은 한 발짝 나서서 차근차근 얘기했다.

"여왕님들, 저희는 이 왕국 백성들이 아닌 다른 세계에서 온 인간입니다. 이상한 책장을 통해 이곳까지 와 버렸습니다. 저희가 살던 곳으로 돌아가기 위한 방법을 여쭤보려 여기까지 온 것입니다."

여왕들은 코웃음을 치며 말했다.

"그런 거라면 쉽지. 지금 당장 보내줄 수 있어. 하지만 내가 알기론 또 다른 목적을 가지고 여기까지 왔다더군?"

"우리를 없애고 이 왕국을 평화롭게 만들겠다고?"

어디서 들었는지 여왕들은 자세히 알고 있었다. 장일과 셋은 당황하지 않고 얘기를 덧붙였다.

"백성들과 아랫사람들을 더 이상 괴롭히지 말아주세요! 사자 아루스의 얘기를 듣고 여기까지 온 거 맞아요. 저희야 당장 돌아가고 싶지만 간절한 부탁을 받은 이상 당신들을 설득할 수밖에 없어요."

양하의 외침에 하트 여왕들은 깊은 생각에 잠기더니 낮은 목소리로 말했다.

"좋아, 우리의 문제를 맞힌다면 더 이상 괴롭히지 않겠어. 하지만 그것만 약속할 거야. 너희가 돌아갈 수 있는 방법은 다른 사람에게 부탁해."

"그게 누군지도 우리는 알려주지 않을 거야. 괴롭힘을 그만 둔다는 약속도 어마어마하잖아?"

웅재는 모든 걸 다 알고 있다는 눈빛으로 말했다.

"그렇게 해요. 어서 문제를 내보시죠!"

웅재는 장일에게 방법을 아는 사람은 자신이 알 것 같으니 걱정 말고 침착하게 문제를 풀라고 했다. 장일은 마음을 굳게 먹고 방 한가운데 놓여 있는 테이블 앞으로 갔다.

[문제4. $\dfrac{v_1}{v_2}$의 값을 구하여라.]

단면의 반지름의 길이가 R이고 길이가 I인 원기둥 모양의 혈관이 있다.

단면의 중심에서 혈관의 벽면 방향으로 r만큼 떨어진 지점에서의 혈액의 속력을 v라 하면,

다음 관계식이 성립한다고 한다.

$v = \dfrac{P}{4n\ell}(R^2 - r^2)$ (단, P는 혈관 양끝의 압력차, n은 혈액의 점도이고

속력의 단위는 cm/초, 길이의 단위는 cm이다.)

R, I, P, n 모두 일정할 때, 단면의 중심에서 혈관의 벽면 방향으로

$\dfrac{R}{3}$, $\dfrac{R}{2}$만큼씩 떨어진 두 지점에서의 혈액의 속력은 각각 v_2, v_1이다.

장일은 순간 숨을 멈췄다. 천천히 내쉬면서 눈을 굴렸다. 뒤에 서 있는 셋은 문제를 볼 수 없었다.

'이렇게 문자가 많고 숫자와 문제가 복잡하다면 일일이 다 풀어야 하는 문제는 아닌 것 같아. 어떻게 해야 하지?'

"시간은."

"5분 주도록 하겠다."

"충분하지?"

하트 여왕들은 서로를 마주보며 기분 나쁘게 웃었다. 시간이 없었다.

"아!!!"

장일은 벌떡 일어나며 소리쳤다. 테이블을 짚고 한 손에 연필을 들어 테이블 위에 풀이를 써 내려 갔다. 빠른 속도에 모두가 놀랐다.

(1) $r = \dfrac{R}{3}$ 을 주어진 관계식에 대입하면 $v_1 = \dfrac{P}{4n\ell} \times \{R^2 - (\dfrac{R}{3})^2\} = \dfrac{P}{4n\ell} \times \dfrac{8}{9}R^2$

(2) $r = \dfrac{R}{2}$ 을 주어진 관계식에 대입하면 $v_2 \dfrac{P}{4n\ell} \times \{R^2 - (\dfrac{R}{2})^2\} = \dfrac{P}{4n\ell} \times \dfrac{3}{4}R^2$

따라서 (1), (2)에 의해 $\dfrac{v_1}{v_2} = \dfrac{32}{27}$ 이다.

"……대단해, 우리의 속임수를 그새 알아채다니."

"분하다! 약속은 약속이니 이 왕국을 괴롭히지 않을 테지만 여왕자리에서 물러나지는 않을 것이야."

"이제 너희가 돌아가는 방법은 알아서 찾아보도록 해!"

빛이 번쩍 하고 시야를 가리더니 넷은 왕궁 뒤편에 누워 있었다. 벌떡 일어나 웅재는 물었다.

"잘했어 형! 대체 무슨 문제였던 거야?"

"문제는 엄청 길고 복잡했어. 문자도 많았고 이상한 문제였어. 사실 처음에 너무 놀라서 문제를 풀지 못할 뻔 했는데 그냥 주어진 식에 대입을 하면 되는 문제였던 거야. 우리 학교 모의고사에서 흔히 볼 수 있는 문제였지. 그래서 쉽게 풀 수 있었어."

다 같이 기뻐하며 앞문에서 달려온 아루스에게 상황을 설명해 주었다.

"정말 고맙소. 이 은혜는 잊지 않을 거요. 힘들었을 텐데 정말 다행이오. 이 왕국은 이제 평화를 되찾을 것이오!"

웅재는 아루스에게 다가가 말했다.

"그럼 이제 저희를 돌려보내주세요."

셋은 웅재의 말에 황당한 표정을 지었다. 장일은 순간 기억이 났다.

"너…… 아까 나한테 누군지 알 것 같다더니!"

"왕궁에서 살았던 사자야. 도움을 줄 수 없다며 따라오지 않았던 것도 하트 여왕들의 생각과 행동을 다 알기 때문이지. 문제를 풀면 둘 중에 한 약속은 지키지 않을 거라는 것. 아루스는 처음부터 우리가 되돌아갈 수 있는 방법을 알고 있었을 거야. 그렇죠?"

사자는 고개를 끄덕였다.

"그렇소. 이제 내가 당신들에게 도움을 줄 차례요."

사자는 땅을 살살 파며 으르렁 거렸다. 행동을 반복하자 빛이 나더니 또 다시 시야를 가렸다. 빛이 사라지고 웅재와 세 사람의 눈앞에 파랗게 빛나는 새의 깃털이 있었다.

"이게 뭔가요?"

"이것은 파랑새의 깃털이라오. 이걸 가져다가 저 멀리 보이는 파랑새의 둥지에 넣어두고 오면 당신들이 살던 곳으로 돌아갈 수 있을 것이오."

"정말 감사합니다! 잊지 못할 것 같아요. 아루스, 잘 지내야 해요!"

네 사람은 아루스와 작별 인사를 주고받은 뒤 파랑새의 깃털을 조심스럽게 쥐고 길을 나섰다. 파랑새의 둥지도 신비한 빛으로 감싸져 있었다. 얼른 숙소로 돌아가고 싶은 마음에 웅재는 빠르게 달려가 둥지에 깃털을 살며시 놓아두었다. 깃털을 놓아두자마자 파랑새 한 마리가 날아와 부리로 깃털을 물더니 이리저리 원을 그리며 날아다녔다. 그러자 커다란 문이 하나 생겼고 파랑새는 네 사람을 바라보며 들어가라는 듯 날갯짓을 했다.

"잘 있어, 또 올게!"

웅재는 뒤를 돌아보고는 하늘에 소리쳤다. 네 사람은 손을 꼭 맞잡고 문 안으로 들어섰다.

'끼익-'

"…… 돌아왔다!"

미닫이식 책장을 열고 네 사람은 웅재와 장일이 쓰기로 한 방 바닥에 발을 내디뎠다. 책장이 닫혔고 숙소는 아무 일 없었다는 듯 고요했다. 네 사람은 할 일을 뒤로 미루고 밤이 새도록 그들만이 아는 그 순간을 얘기하며 웃음꽃을 피웠다.

수학자를 만나고 싶다면 승효의 사다리를 타게나!

– 수학자는 사다리를 타고~

수학자는 사다리를 타고~

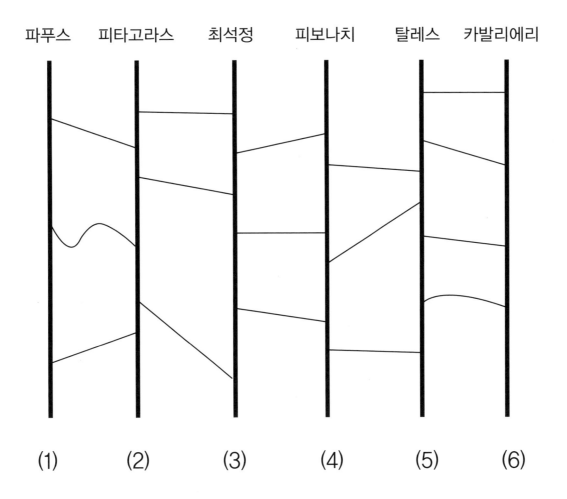

파푸스 피타고라스 최석정 피보나치 탈레스 카발리에리

(1) (2) (3) (4) (5) (6)

(1) 피타고라스의 정리

$$a^2 + b^2 = c^2$$

직각삼각형에서 직각을 끼고 있는 두 변의 제곱의 합은 빗변의 길이의 제곱과 같다.

* 피타고라스의 정리를 자세히 알고 싶은 중급자들은 박소림의 글, 고급자들은 정유진의 글로 가시오.

(2) 피보나치수열

1 1 2 3 5 8 13 21 34 55 ……

피보나치수열은 앞의 두 수의 합이 뒤의 수가 되는 수 배열이다.

수열은 일상생활에서 다양한 황금비율로 이용된다.

앵무조개의 껍데기 구조, 고전파의 소나타 형식, 다빈치의 미술작품에서 이용된 것을 알 수 있다.

* 황금비를 완벽하게 이해하고 싶다면 박지은의 글로 가시오.

(3) 최석정의 마방진

4	9	2
3	5	7
8	1	6

조선 숙종 때 영의정을 지낸 최석정이 만들어 낸 것으로, 연속된 자연수를 가로, 세로, 대각선의 합이 같아지도록 정사각형 모양으로 배열하였고, '마술적인 정사각형 숫자 배열'이라는 뜻을 가지고 있다. 유럽에서도 한때 점성술의 대상이 되었으며, 마방진을 새긴 부적 등이 만들어지기도 했다.

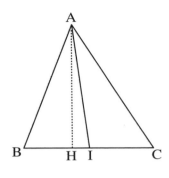

(4) 파푸스의 중선정리

$AB^2 + AC^2 = 2(BI^2 + AI^2)$

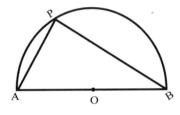

(5) 탈레스의 정리

반원 안에 그려지는 삼각형은 직각삼각형이다.

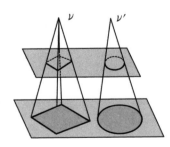

(6) 카발리에리의 원리

2개의 입체에서 한 평면에 평행한 평면으로 자른 단면의 넓이가 항상 같으면 2개의 입체의 부피는 같다는 원리이다.

유진이가 들려주는 모의고사를 모티브로 한
- 수학 死

수학 死

2015년 6월 4일

낙원빌딩

1시 17분 → 전화

이름 : 이지민
나이 : 만 23세
성별 : 여
직업 : 학남대학교 재학생
주소 : 학남로 354 번지

살인 예고?

다잉 메세지?

$$10\left(x^2 + \frac{1}{x^2}\right)?$$

사망 추정 시각

CHAPTER 1

뚜르르르…… 뚜르르르……

2015년 6월 4일 1시 17분 한 통의 전화가 온 후부터 시작되었다.

"네, 학남 경찰서입니다."

"저…… 저기 여기 사람이 죽었어요. 빨리 와주세요."

한 여자가 목소리를 떨며 말했다.

"네? 거기가 어디죠?"

때마침 신 형사가 들어왔고, 나와 형사들은 그 전화를 받은 후 낙원 빌딩으로 출발했다. 그곳에는 많은 사람들이 모여 있었다.

박 형사님과 신 형사는 시신을 보며 말했다.

"어휴, 젊은 여자 같은데……."

"그러게요, 이 대낮에……."

내가 먼저 그 시신 주변으로 갔다. 그 여성은 머리를 치여 피를 흘리며 눈도 감지 못한 채 누워 있었다. 신 형사는 그녀의 입 안에 있는 투명한 봉지를 찾았고, 그 안에 있는 흰 종이를 박 형사님께 드렸다. 그 종이에는 원 안에 삼각형과 몇 가지의 숫자가 적혀 있었다.

"이거 수학문제인 것 같은데? 차 형사 여기 와서 봐봐."

"그런 것 같은데, 자세히 봐야 알 것 같은데요."

"그래. 그럼 정리하고 만나서 보도록 하지. 나는 목격자를 찾을 테니 니들은 마무리 좀 해."

나는 피해자의 시신을 부검 요청하고 경찰서로 돌아왔다. 몇 분 뒤 박 형사님의 전화가 걸려왔다.

"차 형사, 정리는 다 했나?"

"네, 저는 마무리했는데 신 형사는 어떤지 모르겠네요."

"그래? 그건 그렇고 이번 사건은 살인사건인 것 같아. 목격자의 증언에 따르면 여자 비명소리가 나서 가보니 한 남자가 피가 묻은 망치를 들고 도망갔다고 하더라고."

나는 박 형사님의 말을 듣고 조금 놀라 당황스러운 투로 박 형사님께 물었다.

"그럼 그 골목이나 사건 주변에 CCTV 좀 구해주십시오."

"CCTV가 주변에 3대가 있던데 사각지대라서 안 찍힌 것 같아. 피해자가 일하던 편의점만 들렀다 갈 테니까, 차 형사가 신 형사한테 현장 마무리 다 했으면 서로 오라고 전해줘."

"네. 알겠습니다."

"아 참. 그 문제는 수학문제 맞지?"

박 형사님의 물음에 나는 그제야 생각나 문제를 찾기 시작했다.

"아, 까먹고 있었습니다. 어디에 있는지?"

"어이구, 이 사람아. 얼른 찾아봐. 그럼 수고해."

박 형사님과 전화를 끝내고, 신 형사에게 박 형사님과 말한 것을 전했다. 그리고 나는 문제를 찾으려고 여기저기를 뒤졌다. 그 종이는 사건 증거물 박스 안에 있었다. 나는 그 문제를 옆의 이면지에 적기 시작했다. 그때 신 형사가 피해여성에 대해 조사를 해달라는 문자가 왔다. 나는 문제를 제쳐두고 피해여성에 대해 조사하기 시작했다.

- **이름 : 이지민
- **나이 : 만 23세
- **성별 : 여
- **직업 : 학남대학교 재학생(편의점 아르바이트생)
- **주소 : 학남로 354번지
- **특이사항 : 고아(1994년 화재사건으로 양부모 死)

그때 신 형사가 땀을 닦으며 경찰서로 들어왔다.

"조사는 했나?"

"그래. 이지민 만 23세……."

신 형사는 나의 말을 들으며 내가 조사한 것을 보았다. 몇 분 후 박 형사님께서 경찰서에 들어오셨다.

"문제는 풀어봤어?"

"아직 못 풀었습니다. 피해여성에 대해 조사했습니다."

"그래? 한번 보자."

박 형사님의 말에 신 형사는 보고 있던 종이를 박 형사님께 드렸다. 박 형사님은 종이를 보더니 모두 회의실에 모여 문제에 대해 이야기를 하자며 회의실로 들어갔다.

종이의 문제는 다음과 같았다.

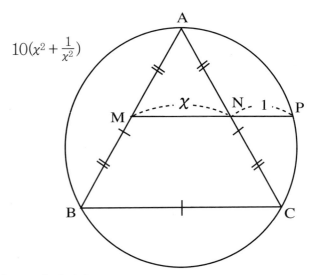

"이게 뭘까?"

"$10(x^2 + \frac{1}{x^2})$가 힌트일 것 같은데."

"$10(x^2 + \frac{1}{x^2})$?"

"계산할 수 있겠어?"

박 형사님이 나와 신 형사를 보며 말했다. 그리고 신 형사는 자신이 없다는 듯 나를 보며 말했다.

"차 형사만 믿어야죠 ㅎㅎ. 차 형사 설명 좀 하면서 풀어."

나는 신 형사의 말을 듣고 문제를 풀어보았다. 그리고 박 형사님과 신 형사에게 설명을 했다.

"음. 여기서 그 $\overline{MN}$이 x이고, M은 $\overline{AB}$의 중점이고, N은 $\overline{AC}$의 중점이니 $\overline{NC}$도 x가 되고, $\overline{AN}$도 x가 됩니다. 그리고 $\overline{MN}$을 왼쪽으로 연장해서 원과 만나는 점을 Q라 두면 $\overline{QN} = x + 1$이 됩니다. 그럼 $(x+1) \times 1 = x \times x$가 됩니다."

"잠시만, 왜 $(x+1) \times 1 = x \times x$가 되는 거지?"

"원의 성질에 의해 $\overline{QN} \times \overline{NP} = \overline{AN} \times \overline{NC}$가 성립하기 때문입니다."

"뭐? 원의 성질?"

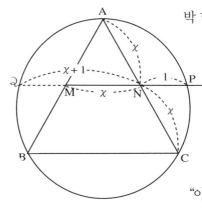

박 형사님은 알 수 없다는 표정과 목소리로 나에게 물었다.

　　　　"네. 원의 성질도 설명해야 합니까?"

　　　　"아, 아니 그냥 계속 설명해 봐."

　　　　"네. 그럼 $(x+1) \times 1 = x \times x$를 계산하면 $x^2 = x+1$ 이므로 $x^2 - x - 1 = 0$이 됩니다. 그럼 답이 30입니다."

　　　　"뭐여. 갑자기 그 뒤에는 설명을 안 해?"

　　　　"아, 정말 박 형사님 실망입니다. 이 뒤에는 너무 쉽습니다."

　　"차…… 참내. 자네 지금 나를 무시하는 건가? 그럼 자네는 풀었나?"

　　　"아, 당연한 거 아니겠습니까?"

　"설명해 보게."

"$x^2 - x - 1 = 0$을 x로 나누면 $x - 1 - \dfrac{1}{x} = 0$이니깐 $x - \dfrac{1}{x} = 1$이지 않습니까?

좌변과 우변을 제곱해서 정리하면 $x^2 + \dfrac{1}{x^2} = (x - \dfrac{1}{x})^2 + 2 = 3$이니깐 우리가 구해야 할 값이 $10(x^2 + \dfrac{1}{x^2})$이므로 거기에 10을 곱하면 30입니다."

"역시 젊은것들이라 다르네. 그럼 답이 30이라는 거네?"

"네. 근데 이거 다잉 메세지인가? 아님 피해여성이 쓰러진 장소?"

신 형사가 나를 보며 말했다.

나는 그 말을 듣고 잠시 그것이 진짜 유서일까? 라는 생각을 했다. 피해여성이 죽기 전에 범인에게 들키지 않기 위해 입에 넣어 자신의 죽음에 대해 알리는 것인지, 범인이 무언가 알리기 위해 피해여성의 입에 그 문제를 넣은 건지 알 수가 없었다. 박 형사님은 아직도 문제를 이해 못하겠다는 표정으로 문제를 푼 종이를 바라보고 있고, 신 형사는 나와 컴퓨터를 번갈아 보며 표정을 찡그렸다.

"낙원빌딩 524번지, 피해여성이 일하던 곳 523번지, 피해여성의 집 354번지."

나는 짜증나는 듯이 신 형사가 물을 것 같은 피해여성과 관련된 주소를 말해 주었다. 신 형사는 잠시 고민하더니 나에게 다시 물었다.

"그럼 피해여성의 고아원 주소, 고아가 되기 전 살던 주소는?"

신 형사는 30이 주소라고 생각하는 듯 나에게 주소만 물었고, 박 형사님은 문제를 해결했는지 나에게 물었다.

"그럼 피해여성의 사망시각이 30이랑 연관 있나? 피해여성 사망 추정시간이 언제지?"

"그건 빨라야 내일 알 수 있습니다. 내일 부검결과가 나옵니다."

"아, 맞다. 박 형사님 오늘 편의점에서 건진 거 있어요?"

신 형사가 희망적인 표정으로 질문을 하자 박 형사님은 조금 웃으시면서 대답했다.

"남자친구가 있었는데 얼마 전에 편의점 앞에서 크게 싸우고 헤어졌대."

"그럼 이지민의 남자친구가 제 1용의자네?"

"뭐, 일단은 그렇지. 근데 더 조사를 해봐야 되는 거 아니야?"

"그럼 내일 내가 피해자 남자친구를 만나볼게!"

나와 신 형사의 이야기를 듣고 있던 박 형사님은 뿌듯한 표정을 지으며 나와 신 형사에게 말했다.

"역시 내 후배들. 이렇게만 하면 우리 어떤 문제든 해결하겠구먼. 일단 지금은 집으로 돌아가 휴식을 취할 때이니 각자 생각을 좀 해서 내일 만나도록 하지. 그럼 나 먼저 가네."

박 형사님께서 가신 후 나와 신 형사도 인사를 하고 각자 집으로 갔다. 나는 집에 가면서 오늘 있었던 일에 대해 정리를 했다.

'이지민(23) 사망, 입 안에 수학문제가 있었다. 답은 30. 30이 의미하는 것은?'

다음날 나는 경찰서에 가서 피해여성의 시신의 부검결과를 알게 되었다. 피해여성은 12시 40분 사이에서 1시 12분 사이에 사망했다. 그녀는 자살이 아니라 무거운 망치로 머리를 맞아 과다출혈로 사망한 것으로 밝혀졌다. 어제 박 형사님이 의문을 가진 사망추정 시각이 30과 관련되어 있지 않은 것 같았다.

그래서 박 형사님은 피해여성의 주변관계에 대해 알아보고, 신 형사는 피해여성의 집, 그리고 나는 피해여성의 학교에 가기로 했다. 그녀의 학교에 가기 전 많은 사실이 궁금했다. 첫 번째 타살을 당했다면 그 이유를 아는 학생이나 친구가 있을까? 그녀의 남자친구는 그녀와 같은 학교일까? 그녀는 수학과 관련이 되어 있을까? 등 많은 궁금증을 가지고 갔다. 그곳에서 궁금증이 조금 해결되었다.

피해여성 (이지민)

1. 그녀의 학과? 경제학과
2. 그녀가 타살을 당할 만한 이유? 없음
3. 그녀의 남자친구는? 같은 학교이며, 친구 같아 유명함(헤어진 이유 : 성격차이), 이지민의 사망소식을 모름.
   피해여성의 사망추정 시각에 강의를 듣고 있었음.
4. 그녀가 수학과 관련이 있나? 수학을 싫어함.
5. 그녀와 사이가 안 좋은 사람? 과 선배(김진우) - 성격이 더러워 다른 사람들 모두와 사이가 나쁨.

나는 피해자의 대학교에 찾아가 조사한 내용을 박 형사님께 보고하기 위해 전화를 했다.

"박 형사님 조사는 끝났습니까?"

"그래. 자네는 뭐 건졌나?"

"학교에서 피해자의 남자친구를 만났는데 그는 이지민의 사망소식을 몰랐다고 합니다. 그리고 과 선배인 김진우라는 사람이 있는데 성격이 안 좋아서 다른 사람들과도 사이가 안 좋은데 유독 피해자와 갈등이 많이 있었다고 합니다."

"그럼, 김진우라는 사람부터 조사해야겠네. 경찰서에서 보도록 하지."

경찰서에 도착하니 신 형사와 박 형사님이 계셨다. 신 형사의 조사에 따르면 피해여성은 3달치 방세가 밀려 집주인과의 갈등이 많았다고 한다. 그럼 2명의 용의자가 생겼다. 집주인, 김진우. 조금씩 희망이 보이는 듯했다. 다음날 김진우와 집주인을 조사했다. 김진우는 3달 전에 군대를 갔다고 한다. 집주인은 그날 동네 아주머니들과 모임을 가졌다고 한다. CCTV를 본 결과 집주인의 알리바이가 성립했다. 사건이 점점 미궁 속으로 빠지는 듯했다.

행복아파트

30일 후······

2시 8분 → 전화

2015년 7월 4일

이름 : 강선화

나이 : 만 30세

성별 : 여

직업 : BG 그룹 사원

사망 추정 시각 : 6월 30일

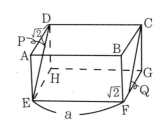

$\overline{PQ}$의 최단거리 $2\sqrt{34}$일때, a?

CHAPTER 2

2015년 7월 4일 2시 8분 한 통의 전화가 걸려왔다.

"여기 행복아파트에 사람이 죽었어요!"

"네! 알겠습니다."

나의 당황스러운 표정을 보고 신 형사가 무슨 일이 있냐며 묻고, 나는 행복아파트에 사람이 죽었다고 말했고, 우리는 행복아파트로 출발했다. 그곳에는 이미 구급차가 와 있었다. 피해자는 여성이었으며, 방에서 머리에 피를 많이 흘려 사망한 것으로 보였다. 이미 그 피는 굳어 있었고, 시신에서 악취도 났다. 신 형사는 그녀의 입을 열었고, 그녀의 입에서는 또 수학문제가 적힌 종이가 나왔다. 그래서 나는 그녀의 주변인물을 조사하기 시작했다. 최초 발견 후 신고를 한 경비아저씨를 찾아갔다. 경비아저씨에게 많은 정보를 들을 수 있었다. 그녀의 이름은 강선화, 미혼, 그녀는 경비아저씨와 친해 매일 아침 8시에 출근을 할 때 하루도 빠짐없이 들러 인사를 했다고 한다. 그런데 4일 전쯤에 집에 들어가는 것을 보았지만 나오는 것을 보지 못해서 무슨 일이 있나 생각을 했다. 그런데 택배도 찾아가지 않고, 문 앞의 빨래도 가져가지 않아 낌새가 이상해 119에 신고를 했다고 한다. 구급대원들이 오고 그녀의 집에 들어가니 그녀가 죽은 채 있었다고 한다. 그래서 나는 경비아저씨께 CCTV를 볼 수 있느냐고 물어 CCTV를 구해 경찰서로 가져갔다. 경찰서에서는 신 형사가 피해여성에 대한 조사를 하고 있었고, 나는 신 형사가 조사한 것을 봤다.

- **이름 : 강선화**
- **나이 : 만 30세**
- **성별 : 여**
- **직업 : BG그룹 사원**
- **특이사항 : 고아**

고아라는 것을 보고 난 신 형사에게 다른 것은 없나 물었고, 신 형사는 다른 특이사항은 없었다고 말했다. 두 피해자의 특징은 두 명 다 여성이며 고아, 입에 수학문제가 적힌 종이를 물고 사망.

"아, CCTV를 보려면 또 밤을 새야 하나?"

내가 피곤하다는 듯이 말했고, 그것을 들은 신 형사는 웃으며 말했다.

"캬, 내가 그 막노동을 알지. 내가 인심 쓴다. 저번에 차 형사가 수고했으니 오늘은 내가 볼게."

"오, 오늘 무슨 기분 좋은 일이라도? 신 형사 덕분에 저는 오늘 편안히 퇴근합니다."

마침 박 형사님이 돌아오셔서 우리에게 무슨 좋은 일이 있냐며 물었다.

"머, 좋은 일이라도 있어? 둘이 왜 이렇게 꽁냥이야?"

"아, 오셨습니까? 신 형사가 CCTV 대신 봐주신답니다."

"오, 오늘 내가 할 일도 좀 해주지 그래?

박 형사님이 웃으시면서 말했다.

그렇게 한바탕 웃고는 문제를 보기 시작했다. 첫 번째 문제의 답 30과 무슨 관련이 있는지에 대한 이야기를 했다. 피해여성의 나이, 피해여성이 발견된 날까지 걸린 날, 피해여성이 사망한 날? 하지만 피해여성이 발견된 날이 30일 후라면 가해자는 30일 후에 발견된다는 것을 알고 범행을 저지른 것일까? 이야기를 하다 이번 문제를 풀면 조금이라도 해결될 것 같아 문제를 같이 보았다. 그런데 문제를 풀 수 없었다. 종이에는 $\overline{PQ}$의 최단거리가 $2\sqrt{34}$일 때 a의 값은? 이라는 문제가 있었다.

$\overline{PQ}$의 최단거리 $2\sqrt{34}$, a의 값은?

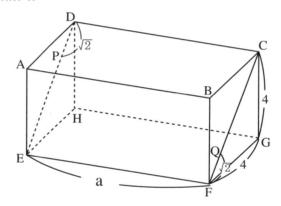

아무리 풀어보려 했지만 풀지 못했다. 그때 신 형사가 현장에 단서가 있지 않겠냐며 자기가 내일 현장에 나가 본다고 했다. 다음날 신 형사가 현장에 간 후 전화가 왔다.

"어, 신 형사. 뭐 찾은 거라도 있어?"

박 형사님이 궁금하다는 듯 물어보셨다.

"네. 그 문제의 그림에 있는 점의 자리랑 비슷한 곳에 형광별 스티커가 있습니다."

신 형사가 기분이 좋은 듯 말했다.

"어, 그럼 높이랑 가로, 세로길이를 알 수 있을까?"

"잠시만, 차 형사."

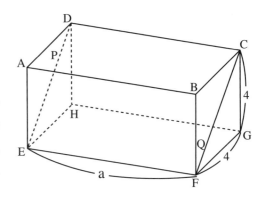

내 말을 듣고 신 형사가 높이, 세로, 가로 길이를 알려 주었다. 높이가 4, 가로가 8, 세로가 4였다. 그래서 박 형사님은 답이 8이라며 저번 문제보다 쉽다며 웃으셨다. 그런데 나는 조금 의문이 들었다. 가로만 재면 된다면 $\overline{EP}$만 a라고 하면 되는데 왜 $\overline{PD}$의 길이를 $\sqrt{2}$라고 표시했을까? 그래서 신 형사가 말해 준 수를 대입해 문제를 풀었는데 최단거리가 $2\sqrt{34}$ 가 아니었다. 그래서 가로를 a라 두고 풀었더니 a가 6이 나왔다. 그래서 나는 박 형사님께 말씀드렸다.

"박 형사님, 답이 6인 것 같습니다."

"뭐라고? 왜?"

박 형사님이 궁금하다는 듯이 나에게 물었다.

"여기에 제가 8, 4, 4를 대입했는데, 최단거리가 $2\sqrt{34}$ 가 아니어서 a에 대입을 하니 보십시오. 여기에 밑면의 가로만 a로 나오고 나머지는 기호가 없어서 그 밑면의 세로와 높이는 진짜 피해자의 방과 같은 4를 이용해서 풀었습니다."

"하…… 역시 다르군 달라."

"계속 설명해 봐."

"네. 그럼 높이 4, 밑면의 세로도 4가 됩니다."

그러면 제가 빨간 선으로 그린 것이 최솟값이 됩니다."

"어휴, 어렵다 어려워."

"계속해 보게."

"이것을 전개도로 그려보겠습니다."

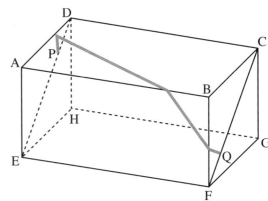

"그래, 그려봐."

"이렇게 그려집니다. 그럼 점P와 $\overline{HD}$랑 만나는 수직선을 그은 곳을 M이라 두면 $\overline{MP}$는 1cm가 됩니다."

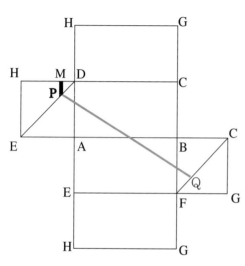

"왜 1cm가 되지?"

"직각 이등변 삼각형의 비가 $1:1:\sqrt{2}$입니다. 그러면 $\overline{DP}$의 길이가 $\sqrt{2}$이니깐 나머지 두변의 길이는 1cm가 됩니다."

"도통 무슨 소린지 원······."

"아, 박 형사님 잘 들어 보십시오."

"그래그래, 이제 이해가 가네. 차 형사 다음 것 설명해 보게."

"네. 그럼 $\overline{PQ}$의 길이는 $\sqrt{a^2 + 4a + 40}$ 이 됩니다."

"잠깐 잠깐 왜 또 갑자기 $\overline{PQ}$의 길이가 $\sqrt{a^2 + 4a + 40}$ 이 되는 건가?"

"맞아. 차 형사, 쫌 꼼꼼히 설명해 봐."

박 형사님께서는 나의 설명이 마음에 들지 않는 듯 찌푸린 표정을 하고 있었다. 그래서 나는 하나하나 그리며 다시 설명을 해드렸고, 드디어 박 형사님이 이해를 하신 듯 전보다는 표정이 밝아지셨다.

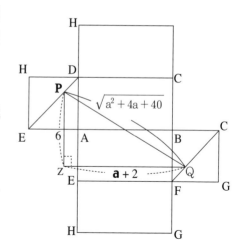

"그럼 잘 보십시오."

"$\overline{PQ}$를 구하려면 피타고라스의 정리를 써야 합니다. 그럼 $\overline{PQ}$를 빗변으로 하는 직각삼각형△$\overline{PQZ}$를 그리면 $\overline{PZ}$는 6cm가 됩니다."

"잠깐, 왜 6cm가 되는 거지?"

"아까 점 P와 선분 $\overline{HD}$를 수직으로 만나는 선의 길이가 1cm라 했으니 밑변의 세로에 2cm를 더하면 6cm가 됩니다."

"아! 그래서 밑면의 가로가 $a+2$인가?"

"네! 드디어 이해를 하셨군요!"

"그래그래 다음을 설명해 보게."

"네. 그럼 피타고라스의 정리 $a^2+b^2=c^2$에다가 대입을 하면……."

"그럼 $6^2+(a+2)^2$이란 말이지?"

"네! 그럼 $c=\sqrt{a^2+4a+40}$ 이 되는 거죠. 그러면 최솟값이 $2\sqrt{34}$ 가 됩니다.

"오 그래서 답이 6이라는군. 역시 차 형사야!"

"아닙니다."

나는 박 형사님의 칭찬에 조금 뿌듯했다. 그때 신 형사가 경찰서에 도착했고 박 형사님은 신 형사에게 문제에 대해 설명해 주었다.

"그럼 이번에 나온 숫자 6은 무엇을 의미하지?"

신 형사의 한마디에 나와 박 형사님의 표정이 찌푸려졌다. 내가 조심스럽게 말했다.

"음……. 6일 후인 7월 10일에 일어난다는 일이거나 7월 6일날 일어난다는 이야기 아닐까?"

내말은 들은 신 형사는 잠시 생각을 하더니 나를 보며 말했다.

"차 형사 저번에 나한테 30이랑 연관된 게 3개라 하지 않았나?"

"응, 첫 번째 피해여성의 나이가 30이라는 것, 두 번째 사건이 일어난 후 30일 뒤에 두 번째 사건이 일어난 것, 세 번째 피해여성이 죽은 날이 30일이야."

내 말은 들은 박 형사님은 놀라며 우리에게 말했다.

"그럼 다음 범행의 피해자는 만 6세가 될 수도 있단 말인가?"

"네. 만약 첫 번째 여대생 살인에서의 단서인 30이 피해자의 나이를 말하는 것이면 그럴 수도 있습니다."

신 형사도 걱정스러운 표정으로 박 형사님의 물음에 답했다.

CHAPTER 3

내가 조사를 하면서 빠진 내용이 없는지 보기 위해 첫 번째 피해자부터 다시 조사하기 시작했다. 그런데 두 번째 피해자인 강선화에 대한 것 중 내가 몰랐던 것이 있었다. 그것은 바로 그녀 또한 1994년 화재사건으로 고아가 된 것이었다. 그래서 나는 피해자들 모두 연관되어 있는 1994년 화재사건에 대해 조사하기 시작했다.

1994년 11월 13일 김 모 씨의 복수. ○○회사 안의 비리를 알게 되어 신고를 한 김 모 씨. 하지만 비리를 저지른 사람은 처벌되지 않고, 김 모 씨만 직장에서 피해를 입었다. 그 이유로 회사 상사와 함께하는 가족여행에서 고의적으로 불을 냈다고 한다. 이 사건으로 인해 10명이 넘는 인명피해가 있었다. 나는 이 사건을 접하고 그 복수의 피해자들을 조사하기 시작했다. 그런데 이상하게도 신 형사의 아버지도 피해자 중 한 명 이었다. 신 형사의 아버지는 그 사람들과 아무런 관련이 없는데 그때 하필 가족여행을 그곳으로 가서 사망한 것이다. 나는 또 남은 피해자 가족들에 대해 조사를 했다. 살아남은 사람은 몇 명 없었다. 신 형사를 빼고, 4명이 살았는데, 그중 2명이 남았다. 한 명은 54세의 박선희. 이 사람은 남편과 아들이 죽은 후 정신에 이상이 생겨 미국에 있는 정신병원에 있다고 한다. 두 번째 살아남은 피해자는 24세의 노예원이다. 만약 범인이 1994년 화재사건과 관련이 있고, 그 사건의 피해자라면 범인은 노예원, 신 형사가 범인이다. 그리고 범인이 남긴 문제가 피해자의 나이를 가리키는 것이 아니라는 것도 알게 되었다. 하지만 그들 모두 아닐 수도 있다. 일단 나는 박 형사님께만 보고드리고 신 형사와 노예원을 유심히 살피면서 이 사건에 다른 범인이 있을 수도 있어 박 형사님과 조사를 했다.

2015년 7월 6일 만약 범인이 남긴 문제가 날짜를 가리킨다면 오늘이 범행날짜일지 모른다.

"범인이 가리킨 단서가 날짜라면 오늘이지 않나?"

신 형사가 나에게 물었다.

"아마? 오늘 아니면 10일일 걸."

"아님 만 6세의 아이이던가."

그날은 아무 일도 일어나지 않고 지나갔다. 다음날 나와 박 형사님은 2번째 피해자인 강선화네 아파트로 갔다. 그곳에 갔을 때 경비아저씨께서 우리를 불렀다.

"저기 형사분들!"

"네?"

박 형사님이 궁금하다는 듯이 경비아저씨께 물었고 경비아저씨께서는 무언가 줄 것이 있으신 듯 경비실 안으로 들어갔다. 경비아저씨의 손에는 단추 하나가 있었다.

"그게 뭡니까?"

"아, 그 그때 내가 선화양이 안 나와서 119를 불렀을 때 구급차가 오고 문을 열었는데 신발장 거울 앞에 있었네. 경찰이 오면 준다는 게 까먹어서 쫌 찝찝했는데 형사님들을 만나서 전해줄 수 있어서 다행이네."

박 형사님은 그 단추에서 단서를 찾을 수도 있을 것이라며 단추를 들고 경찰서로 돌아가셨다. 그리고 나는 강선화의 집에 갔다. 강선화의 집에서는 중요한 단서를 찾지 못해서 실망한 채 서로 돌아가려는 찰나 박 형사님께 전화가 왔다.

"차 형사 일단 CCTV파일 좀 다시 받아와줘. 단추에서 피해자의 지문과 신 형사의 지문이 나왔어."

그래서 나는 신 형사가 범인이라고 생각을 했다. 하지만 정확한 것이 아니라서 형사님은 믿을 수 없다며 박 형사님은 경찰서의 CCTV를 보기로 했고 나는 피해여성 강선화의 집주변의 CCTV를 보기로 했다. 경찰서의 CCTV에서는 첫째 날 피해자 이지민이 죽던 날 사건 신고가 일어나기 10분 전에 신 형사가 헐레벌떡 뛰어오고, 피해여성의 집주변 CCTV에서는 피해여성이 죽던 날 피해여성 집에서 신 형사가 제복을 입고 나왔다. 그래서 나는 박 형사님께 신 형사가 범인이 맞는 거 같다고 말을 했다.

그래서 나와 박 형사님은 신 형사에게 갔다.

"저기, 신 형사."

"왜?"

신 형사가 궁금하다는 듯 나에게 물었고, 박 형사님은 바닥을 보고 한숨을 쉬었다.

"저, 사실 3일 전에 두 번째 피해자 강선화의 집에 갔습니다."

"그게 뭐? 중요한 거라도 발견한 거야?"

"네. 신 형사 니 지문이 찍힌 단추를 발견했어."

신 형사는 나의 말을 듣고 당황한 표정을 지었다.

"…… 어…… 어?…… 더 할 말이 없습니다. 차 형사 미안해. 박 형사님 죄송합니다."

박 형사님은 실망했다는 표정을 지었고, 그 표정을 본 신 형사님은 박 형사님의 얼굴을 보지 못했다. 그렇게 사건이 마무리가 되었다.

승효와 함께 쉬어가자!

– 스펀지 퀴즈

문제 1

디오판토스의 무덤 묘비에는

[   ] 다.

문제 2

히파수스가 죽은 이유는

[   ] 다.

문제 1

디오판토스의 무덤 묘비에는 [   ] 그의 일생이 기록되어 있다.

[인물사전 – * 디오판토스 *]

3세기 후반 그리스 알렉산드리아 출신인 디오판토스는 대수학의 아버지라고 불리며, 오늘날의 방정식에 큰 영향을 미친 인물이다. 또한 그가 쓴 '산수론'이라는 책은 라틴어로 번역되어 중세 유럽에까지 전해져 대수학 발달에 큰 공헌을 하였다.

[설명 – * 디오판토스의 묘비 내용 *]

그는 인생의 1/6을 소년시절로 보냈고, 그 후 1/12이 지나서는 얼굴에 수염이 나기 시작했다. 다시 인생의 1/7이 지나서 그는 아름다운 여인과 결혼을 하였고, 결혼한 지 5년 후 아들이 태어났으나 그 아들은 아버지 인생의 반밖에 살지를 못했다. 이로 인한 슬픔으로 그는 아들이 죽은 4년 뒤에 죽었다. 이때 디오판토스가 죽을 당시의 나이를 미지수로 두고 풀면 그가 84세에 죽었다는 사실을 알 수 있다.

문제 2

히파수스가 죽은 이유는
무리수 $\sqrt{2}$의 존재를 밝혔기 때문이 다.

[인물사전 – *히파수스*]

히파수스는 이탈리아 메타폰티온 출신으로 피타고라스의 제자 중 한 명이다. 그의 업적 중 가장 유명한 것 하나는 그가 최초로 무리수의 존재를 밝힌 것이다.

[설명 – *히파수스와 $\sqrt{2}$*]

그는 자신의 스승이 정리한 피타고라스 정리를 두 변의 길이가 1인 직각삼각형에 넣어 $\sqrt{2}$라는 무리수를 발견하였고, 당시 피타고라스학파의 '모든 만물은 정수로 구성되어 있다.'라는 이론에 불합리성과 오류를 제기했다. 또한 그는 피카고라스학파에서민 쓰이는 수학적인 정리들을 대중들에게 알리고 싶어하였고 그래서 그는 이에 관한 내용의 작품을 냈다.

그의 죽음에 관해 바다에서 난파를 당해 죽었다거나 피타고라스학파에 의해 암살되었다고도 하는 믿거나 말거나 한 이야기들도 있다.

희원이와 지민이가 소개하는 고등학생이 알아야 할 생각지 못한

직업에서의 생각지 못한 수학

고등학생이 알아야 할 생각지 못한
직업에서의
생각지 못한 수학

내가 설명해주지!!

수학1, 수학2, 미적분, 기하와 벡터, 확률과 통계

보기만 해도 우리는 한숨이 나온다. 왜 배울까? 수학이 얼마나 중요하기에 고등학교시절 동안 많은 수학들을 배우는 것일까? 우리는 대개 '수학이 최고로 여겨지는 때는 학창시절 밖에 없고, 사회에 나가면 영어 잘하면 장땡이다.' '돈 계산만 할 줄 알면 됐다.' 라고 말하는데. 아니다. 이건 당신이 수학과 직업 사이의 관계를 잘 모르는 것과 같다. 나 또한 이 책을 쓰기 위해 조사하기 전, 수학을 뛰어나게 잘하지 않는 입장에서 수학시험을 마치고 친구들과 이런 이야기를 한 적이 많다.

하지만 수학은 우리가 생각하는 것보다 더욱더 가까이에 우리 곁에 있다. 우리는 수학 관련 직업 하면 '수학자, 수학강사, 수학교수겠지.' 라고 생각할 것이다. 그래서 이 책은 생각지 못한 직업과 생각지 못한 수학을 소개하려 한다. 이 책을 쓰는 이유가 위와 같은 이유이므로 좀 더 특별한 곳에서 수학이 활용되는 것에 대해 알아보자. 수학을 학창시절에만 쓰이는 어려운 과목이라는 편견을 깨고, 우리 곁에 있는 수학과 애정을 갖고 친밀감을 쌓아보았으면 좋을 것 같다.

☆ 생각지 못한 직업 : 기상연구원

★ 생각지 못한 곳 : 기상청

☆ 생각지 못한 수학 : 확률과, 통계, 그래프해석능력

★ 하는 일 : 기상연구원은 기류의 방향, 속도, 기압, 온도, 습도 등 각종 기
상 관측 자료를 분석하며, 보다 더 정확하게 일기예보를 알 수 있
는 방법을 연구 개발한다.

★ 적성과 흥미 : 탐구정신과 호기심, 창의력, 관찰력을 가지고 있어야 하며 지구대기학, 기상학
에 대한 지식은 물론 수학과 물리학적 지식이 요구된다.

★ 직업 & 수학 : 수학이 많이 쓰이는 곳이 기상청이다. 기상연구원은 태풍의 이동경로를 수학적
계산을 통해 예측하거나 일기예보 통해 '비가 올지 안 올지', '비가 얼마나 며칠
동안 오는지'에 대한 정보를 주기 위한 확률을 구할 때 수학을 이용한다. 우리가
생각한 날씨를 예측할 때 높은 수준의 수학기술과 해석능력이 요구된다.

★ 관련 학과 : 대기과학과, 천문학과

☆ 생각지 못한 직업 : 건축가

★ 생각지 못한 곳 : 건축현장

☆ 생각지 못한 수학 : 기하와 벡터

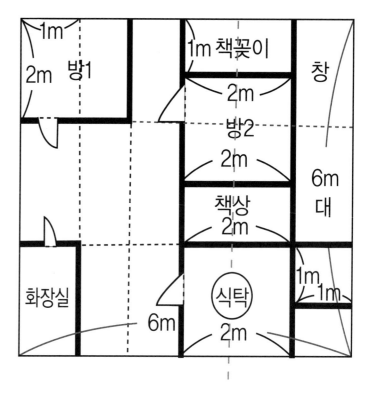

★ 하는 일 : 건축가는 건물을 건축할 때, 계획을 세우고 설계를 하며 감
독하는 사람이다.

★ 적성과 흥미 : 풍부한 상상력과 디자인 능력을 소유해야 하며, 논리적,
합리적, 역사적 사고방식을 가져야 한다.

★ 직업 & 수학 : 건축에 사용되는 수학인 기하와 벡터를 알아보자! 기하
와 벡터는 삼차원 세계에서의 면과 면이 이루는 각 직
선과 면이 이루는 각 등 공간적인 상황에서의 기하학을
말한다. 또 벡터라는 새로운 물리량을 도입하여 공간적인 기하를 수행하는 것을 의미한다. 경주 불국사의 석등의 경우 석
가탑, 다보탑, 대웅전이 이루는 삼각형의 무게중심에 위치해 있다. 세계적 건축물인 피라미드와 바빌로니아의 사원을 만
들었던 건축가들 모두 수학자들이다. 이와 같이 수학과 건축은 아주 긴밀한 사이이다.

★ 관련 학과 : 건축학과, 건축공학과

☆ 생각지 못한 직업 : 애널리스트 (투자 분석가)

★ 생각지 못한 곳 : 증권사

☆ 생각지 못한 수학 : 미적분1, 미적분2, 확률과 통계

★ 하는 일 : 자신의 회사 혹은 회사고객들에게 금융
　　　　　 및 투자자문을 제공하기 위해 금융시장정
　　　　　 보를 수집 분석한다. 기업의 경영 재무여건 성장가
　　　　　 능성 등 투자의 방향성을 제시해 준다.

★ 적성과 흥미 : 판단력과 분석력, 즉 수학적 마인드와 거시경제를 읽을 수 있다.
　　　　　　　　증권시장의 변화에 빠르게 대처할 수 있는 능력이 요구된다.

★ 직업 & 수학 : 증권사에서 필요한 수학은 주가의 분석이나 예측을 위해 확률론이 사용된다. 각종 금융상품의 개발을 위해 미분방정식이
　　　　　　　　필요하다. 이로 인해 최근 국내외 은행, 증권사 등에서 수학자들을 전문 애널리스트로 채용하는 사례가 꽤 있다. 이처럼
　　　　　　　　꼭 경제/경영관련 직업이 문과를 나와야만 되는 것이 아니라는 것을 말해 준다.

★ 관련 학과 : 경영학과, 경제학과, 국제경영 및 통상학과, 금융보험과

☆ 생각지 못한 직업 : 방사선사
★ 생각지 못한 곳 : 종합병원, 치과병원, 보건소
☆ 생각지 못한 수학 : 미적분1, 미적분2

★ 하는 일 : 여러 형태의 방사선을 이용하여 악성 종양을 제
        거하는 일을 한다. 방사선사는 의사의 진료활동
        을 보조하여 신체 내부기관의 질병, 장애의 진단
        을 위해 각종 방사선 장비를 조작하고, 방사선물
        질을 이용하여 치료한다.

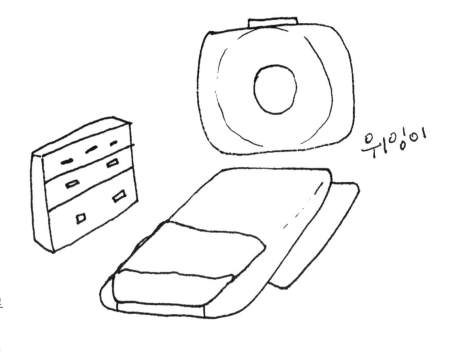

위잉이

★ 적성과 흥미 : 방사선사는 기계를 조작하는 일이 많으므로
           기계 활용능력, 집중력, 기술력이 요구되며,
           의학용어, 전문용어에 대한 지식이 필요하다.

★ 직업 & 수학 : 방서선사는 의학기계와 의학지식을 필요로 한다. 즉 의학은 자연과학에 기초가 되는 학문이므로, 수학, 생물학, 물리학
           등의 과목에 흥미가 있어야 하며, 첨단 기계장비 조작에 관심이 있어야 한다. 방사선을 측정 시 미적분이 중요하여 X축 Y
           축이 중요한 역할을 한다.

★ 관련 학과 : 방사선과, 방사선학과

☆ 생각지 못한 직업 : 스포츠 기록 분석 연구원

★ 생각지 못한 곳 : 통계, 분석, 그래프 해석 능력

☆ 생각지 못한 수학 : 스포츠경기장

★ 하는 일 : 각종 스포츠 경기의 모든 상황을 수치 데이터로 기
　　　　　록하고 이를 분석하는 일을 전문적으로 수행한다. 경기
　　　　　의 특성과 내용에 맞게 통계로 분석하여 상대팀이나 선수의 기록과
　　　　　전략을 파악한다.

★ 적성과 흥미 : 스포츠 분야의 전문적인 지식을 바탕으로 경기를 분석할 수 있는 능력이
　　　　　필요하고 비판적인 통찰력이 필요하다. 또한 기록 분석은 대부분 수치로
　　　　　이루어지기 때문에 통계기법을 이해하고 활용하여 수리적인 자료를 다룰 수 있어야 한다. 컴퓨터에 대한 호기심과 이해,
　　　　　영상기기에 대한 지식과 경험이 필요하다.

★ 직업 & 수학 : 다양한 스포츠 종목에서 많은 일들을 하고 있다. 주로 방법론적인 부분을 공부하여 적용하고 스포츠기록 및 분석시스템
　　　　　개발, 그리고 어떤 콘텐츠를 분석해야 하는지도 연구하고 있다.

★ 관련 학과 : 기록정보과학전문대학원, 스포츠기록분석학과

☆ 생각지 못한 직업 : 상품 기획 전문가

★ 생각지 못한 곳 : 홈쇼핑 업체, 백화점, 대형마트

☆ 생각지 못한 수학 : 분석능력, 그래프분석 능력

★ 하는 일 : 소비자가 원하는 상품이 무엇인지 파악하여 만드는
활동을 한다. 소비자의 욕구를 평가 분석하고, 소비
유형과 구매패턴을 파악하여 시장성 있는 신상품의 기회를 발굴할 뿐 아
니라 생산, 개발, 구매 및 판매, 재고조절 등 상품 흐름의 전 과정을 총괄하는 일을 수행한다.

★ 적성과 흥미 : 소비자의 소비심리를 잘 분석하고 늘 새로운 것에 대한 탐구적 자세와 흥미를 갖고 있어야
한다.

★ 직업 & 수학 : 상품 기획 전문가는 소비자의 심리를 읽어야 할 뿐만 아니라 상품의 배치에 따라 달라지는
매출을 위해 공간능력도 뛰어나야 한다. 시장의 흐름을 파악하기 위해 그래프 해석 능력을
기르는 것이 중요하다.

★ 관련 학과 : 경영학과, 무역학과, 유통학과

나리가 반 강제로 알려드리는
우리가 잘 몰랐던 수학자 "드모르간"

"수학적 발견의 원동력은 논리적인 추론이 아닌 상상력이다."

– 드모르간 (1806년 ??월 ??일~1871년 ??월 ??일)

드모르간은 인도 마드리스에서 태어났습니다. 그는 한쪽 눈이 먼 채 태어났으며, 그로 인해 학창 시절에 많은 시련을 겪었습니다. 그는 시험 보는 것과 다른 사람과 경쟁하는 것을 매우 싫어하여 수학자이지만 박사학위조차 받지 않았습니다. 드모르간은 여성의 권리를 지지하지 않는 당시 사회상과 다르게 여성의 교육 또한 중요하게 생각하여 여성을 위한 무료 수학강의를 개설하여 여성을 가르치기도 했습니다. 그는 스스로 수학협회를 창설하고 그 협회를 통해 많은 저서와 논문을 냈으며, 뛰어난 제자를 많이 길러내었습니다.

드모르간은 '역설 모음집(A Budger of Paradoxes)'이라는 책을 썼어요. 그 책은 현재에도 읽히고 있을 정도로 재미있는 책이라고 해요. 나중에 저도 한번 읽어봐야겠습니다. 그는 종교적 관용과 학문적 자유를 거리낌 없이 잘 말하는 것으로 유명했고, 플룻 연주도 잘 했어요. 학창시절의 아픔이 있었음에도 불구하고 그는 주위사람들과 항상 쾌활하게 교제하였으며, 박사학위는 없었지만 우리가 잘 알고 있는 드모르간의 법칙을 발견하고 그 외에도 많은 업적을 남겼어요. 드모르간의 생애를 찾아보면서 능력이 있는 사람은 언젠가는 꼭 인정받는 구나라는 것을 느끼게 되었어요.

마치며…

책을 만들면서 계속 느꼈던 감정은 '힘들다'였다. 만들면서 스트레스가 계속 쌓이고, 퇴고하는 과정도 반복의 연속이라 정말 힘들었다. 하지만 한 권의 책이 완성되고 나니 뿌듯함을 안 느낄 수가 없었다. 다음에도 책을 만들자 하면 할지는 모르겠지만 분명히 보람있고, 경험해 볼만한 일임에는 틀림 없는 것 같다. 또한 자신만의 이야기로 글을 써준 11명의 친구들과 바쁘신데도 저희들 잘 지도해 주신 우진아 선생님께 감사하다.

－손승효

이 책을 1년동안 주 2회 친구들과 모여 글을 쓰고 발표를 하고 이야기를 나눈 노력의 산물입니다. 한 권의 책을 출판한다는 것을 쉽게 보지는 않았지만 그렇다고 어렵게 여기지도 않았습니다. 그 과정은 생각보다 훨씬 힘들고 어려웠으나 그럴수록 더욱 더 담당교사 우진아 선생님과 저 또한 11명의 학생들이 노력을 기울여 만든 책입니다. 이 과정에서 글쓰기능력은 물론, 의견을 조율하는데 있어 협력 등 많은 것을 얻어갈 수 있었습니다. 끝으로 "따음표" 수학 책쓰기 동아리원들 모두 수고 하셨고, 제 이야기 하나를 쓰는데 누구보다 도움을 많이 주신 엄마께 감사의 말을 전하고 싶습니다. 따라서, 제 생애 첫 소설은 엄마께 바칩니다. ♡ 독자님들은 입소문많이 내주시면 감사하겠습니다 :)

－박소림

이 동아리 활동을 하며 많은것을 느꼈습니다. 솔직히 기분이 안 좋을 때도 있었지만 하나씩 완성되어가는 과정에서 뿌듯함을 더 많이 느꼈습니다. 모두가 바쁜 시간을 쪼개며 써낸 글들을 마침내 완성 되었을 때 저도 책을 쓴 건 처음이지만 이 기분은 책을 만들어 본 사람들만이 아는 기분일 거라고 생각했습니다. 이 노력의 결과물은 두고두고 보람찰것입니다.

함께 달려온 우진아 선생님께, 나 자신에게 11명의 친구들에게 고마움을 전합니다.

－김예원 씀

처음 책을 낸다고 글을 써보라고 했을 때, 글을 잘못 쓰는 나에겐 조금 막막했다.

그래도 조금씩 여러 이야기들을 쓰보고 친구들의 이야기를 들어 보면서 점차 내가 원하던 형식의 방향으로 나아가게 되었고, 마침내 한편의 동화를 만들었을 땐 몇 개월간의 힘들었던 노력이 잊혀지듯 뿌듯한 마음이 들었다.

다음에 또 다시 기회가 주어진다면 나만의 이야기를 가득 채운 책 한 권을 만들고 싶다. 하지만 지금은 때가 아닌 것 같다 :)

그래도 친구들과 함께 책을 냈다니 좋은 추억으로 기억될 것 같다. 끝!

— 진영이

잘 읽으셨나요? 만드는게 쉽지는 않았지만 만들면서 느낀 점은 책 만드는 것이 보통이 아니라는 것을 알게 되었고 새로운 경험을 해서 좋았습니다. 마지막으로 이 책이 출판되면 꼭 도움이 되는 책이 되길 바랍니다!!

— 강선화

처음 만드는 책이라서 그런지 잘 적지 못하고 힘든 부분도 많았는데 만들고 나니 우리가 만든 책이어서 잘 나온 것 같다. '따옴표' 동아리에 들어와서 책을 만드는 경험이 즐거웠다.

— 노예원

드디어 책 완성!

1년간 열심히 활동한 '따옴표' 동아리와 나, 그리고 끝까지 읽어주신 분들, 모두 수고 많으셨습니다. 수학 관련으로 글을 쓴다는게 신선하면서도 걱정이 앞섰지만 무사히 마무리된 것 같아 다행입니다.

자신이 쓴 글이 책으로 나왔다는 뿌듯함은 잊지 못할 기억으로 남을 것 같습니다.

책장 사이에 쓰여진 '문과와 이과 사이' 라는 글자를 볼 때마다 자신이 대견스러울 것입니다. 다시 한번 모두에게 수고했고, 감사하다 전합니다.

2015. 11. 03 박지은

책을 처음 쓸 때는 글을 어떻게 쓸지 막막 했는데, 막상 책을 만들어 보니, 편집을 하는 것이 너무 힘들었다. 좋은 경험을 한 것 같지만 이번 경험으로는 만족한다. 이 책이 출판됐으면 하는 마음도 있지만, 또 편집을 해야 한다면 하고 싶지 않다.

책 만드느라고 모두 수고 했어! 쌤도 짱 고생하셨어요!

－정유진

"따음표" 책 쓰기 동아리를 통해 내가 만든 쓴 글이 실린 책을 만들게 되어서 정말 뿌듯하다.^^

이 활동을 진행하면서 내 뜻대로 안되는 부분도 많았고, 생각보다 잘 써진 글도 있었기에 글쓰기를 더욱 재밌있게 할 수 있었던 것 같다.

누군가는 살아가면서 한번도 내지 못한 책을 쓸 수 있도록 동아리를 개설해 주신 우진아 선생님! 감사합니다~

좋은 경험을 같이 나눈 동아리 친구들도 다들 수고 많았어! 수학을 어려워하는 학생들을 위한 책인 만큼 많은 도움이 되었으면 합니다.

－김나리

고등학교를 갓 올라와 "따음표" 수학 책 쓰기 동아리에 들어와서 12명의 친구들 그리고 우진아 선생님과 같이 보낸 1년이 너무 빠르게 지나갔다.

처음 책쓰기부터 완성까지 힘든 것도 많았고 막막했어도 책 만드는 과정의 뿌듯함이 제일 크게 느껴져서 좋았다. ♡

1년이라는 장기 프로젝트라서 다음번에 또 할 수 있을지 모르겠지만 이번 2015년에 체험할 수 있어서 올해를 알차게 보낸 것 같다.

내 글에 그림 그려준 나리도 고맙고 이런 활동 마련해주신 우진아 선생님께도 감사하다.

엄마, 아빠 사랑해요! 감사합니다.

2015년 11월 03일 책 마무리하면서 김다인

책을 쓰는 과정이 힘들고 어려웠지만 책쓰기라는 새로운 분야에 경험할 수 있어서 좋았다.

우리 모두의 이름이 적힌 책이 출판까지 갈 수 있으면 좋겠다.

— 이지민

수학 책쓰기 동아리에 다인이와 들어오게 되었다.

처음에는 자기 소개서를 쓰고, 애들이랑 웃으며 활동을 하였다. 점점 책을 만들어가는 과정 속에서 애들이랑 울고 웃

으며 우여곡절 끝에 우리들의 책 '문과와 이과 사이'가 완성되었다.

책을 만들어간다는 것은 내가 생각한 것보다 훨씬 더 힘든 일이 많았다.

책 내용 쓰기, 책 제목과 표지 정하기 그리고 편집하기까지… 휴~ 애들아 고생했어. ^0^

그리고 우진아 선생님도 날이 갈수록 컴퓨터 바탕화면에 책쓰기 관련 내용들로 가득 채워져 가고 교무실에서 친구들

과 책에 대해 이야기하는 모습을 보면서 선생님도 아주 힘드셨을 것 같다.

우진아 선생님 수고하셨어요!

1년간의 장기 프로젝트가 끝나 마음이 허전하고 섭섭할 것 같다.

내가 책 쓰는 데 있어 도움을 준 다인도 고맙고 엄마 아빠 오빠 ♡♡LOVE

2015. 11. 03. 희원

겁없이 시작한 책쓰기는 첫 번째 도전이었던 만큼 서툴렀고… 그래서 더 빛났으며

그래서 더 의미있고 소중한 시간들이었다.

선생님을 믿고 함께해준 12명의 동아리 아이들에게 많이 고맙다는 말을 전하고 싶다. 마지막까지 수고했다. ♥

— 우진아 선생님

카페 관리 및 활동 정리_ 손승효, 노예원, 강선화, 임희원
축제 전시 기획 및 준비_ 김다인, 이지민, 김나리
표지 및 목차 디자인_ 문진영, 김예원, 박지은
편집_ 정유진
부장_ 박소림
지도교사_ 우진아